嘘と沈黙のリボルバー
uso to chinmoku no
Revolver
JN276061
「すっかり中の感覚を覚えちゃったね。ほら少し突くだけで前からトロトロ溢れてるよ」

嘘《うそ》と沈《ちん》黙《もく》のリボルバー

桐《きり》嶋《しま》リッカ

ILLUSTRATION
カズアキ

嘘と沈黙のリボルバー

真実が言えないなら沈黙を通せ――。

それが思いやりだとか、誠実さの表れだとか思ってやがんなら。

1

（クソっ食らえだぜ…）

軋《きし》むほどに奥歯を噛《か》み締《し》めると、森咲日夏《もりさきひなつ》は眇《すが》めた眼差《まなざ》しを廊下の隅へと投げ捨てた。

無言で立ち尽くす華奢《きゃしゃ》な背中には、ありありと剣呑《けんのん》なオーラが纏《まつ》わりついているのだろう。廊下を流れる休み時間の人波が、面白いほどに日夏の周りだけを避けて流れていく。それも道理だ。

『機嫌の悪い問題児には絡まないが吉』

校内に知れわたる標語の一つにそんなものがあるくらいだ。うっかり肩でも触れようものなら、被《かぶ》らなくていい火の粉を頭から浴びせられるのは明白だ。そうと知ってて声をかけるツワモノなどこの学院内には存在しない。そう、ごく一部を除いては。

「よっ、新婚妻」

背後からかけられた揶揄《やゆ》の声に、振り向きざま持っていた物を思いっきり目標物へと叩《たた》きつける。

無残にも潰《つぶ》れたソレが派手な音を立てて床に落っこちた。

「──つーか、フルスイングで英和辞書て…」

十センチ近い分厚さをどうにか片手で防御したらしい男が、苦笑混じりの薄笑いを浮かべながら廊下の端で両手を挙げて見せる。

「おまえ、じゃじゃ馬もたいがいにしとけー？」

不機嫌な日夏に声をかけられるうちの一人──加えて悪友でもある古閑光秀《こがみつひで》の登場に、日夏はまたギリリ…と奥歯を強く嚙み合わせた。左目の下に彫られた蛇の刺青《いれずみ》を指先で撫《な》でながら、古閑が切れ長の眼光にさらに苦渋の色合いを織り混ぜてから軽い口調で苦言を呈す。

「あたりどころ悪かったらヤベーぞ、コレは」

「死にたくなかったら二度とそんな口叩くなよ」

歪《ゆが》めた唇の隙間《すきま》から苦々しげにそれだけ呟《つぶや》くと、日夏は憎たらしい親友の顔から視線を引《ひ》き剝《は》がした。ただでさえ朝からずっとイラついているというのに、古閑の投げかけた言葉は日夏の傾いた機嫌をさらに傾斜させる爆弾にも等しいものだった。

「何だよ、事実じゃねえかよ」

なおも手榴弾《てりゅうだん》のピンを抜こうとする古閑を視線で黙らせると、日夏はつかつかと歩みよって表紙の折れ曲がった辞書を拾い上げた。古閑と同じく悪友仲間の一人である八重樫仁《やえがしじん》に借りた物だが、この破損は不可抗力というものだろう。中のページも多少折れてはいるが、読めないことはない。もしも弁償を迫られたら、その時は古閑に請求を回してもらおう。

(わかってて言ってんだから余計ムカつくんだよな、こいつ…)

これ以上は取り合うだけ無駄、とめずらしく大人の判断で踵《きびす》を返した日夏の背中に。

「あ、そっか。おまえらまだ婚約もしてないんだっけ」

今度はピンポイントで狙撃《そげき》が入る。

(こいつ、一回死ぬといいんじゃないかな…)

ふつふつと湧《わ》き上がってくる殺意を胸に、日夏は改めて古閑に向き直ると手にしていた辞書を高く掲げ上げた。その場でもう一度投球モーションに入る。

「ちょっと待て、二球目っ?」

「冥府《めいふ》にいってこい!」

だが渾身《こんしん》の一撃はあっさりとかわされてしまい、哀れな辞書は壁に激突した末、けっきょく裏表紙までもが完全に折れた姿でボトリと重い音を立てて床に転がった。

「何で避けんだよッ」

「いや、フツウ避けるでしょってば」

腹立ち紛れに叫んだ日夏とは対照的に、古閑はあくまでも悠長な態度を崩さない。何より腹立たしいのは、顔面に『所詮《しょせん》は対岸の火事』と書き込んであることだ。少し前までは自分だって充分、この茶番劇の範疇《はんちゅう》にいたくせに。いまではまるで素知らぬ顔だ。

無残な有様で足もとに転がっていた辞書を拾い上げるなり、古閑が「おやおや～?」とまた人の神経を逆撫《さかな》でするような調子外れな声を上げる。

「つーかコレ、八重樫んだしね。人の物、全力投球するとは困った子だねー」

旦那《だんな》に告げ口しちまうぞー、とさらにふざけた口調が続いたところで日夏の中でプチンと何かが音を立てて弾《はじ》けた。思いつく限り最大級の罵声《ばせい》を浴びせてやろうと、深く息を吸った刹那《せつな》。

「ほらよ」

とタイミングを計ったように、目の前に何かが差し出される。

「これやるから食っとけ」

「あっ、限定サンド」

呟いた一秒後に悔やんでみるも、発した言葉は二度と戻らない。

育ち盛りの年頃《としごろ》が群れていることを考慮してか、三限の休み時間の時点で購買部で販売開始されるパンにはいくつかの種類があるのだが、中でもこのクラブハウスサンドは一日に限定五個しか販売されないプレミア物なのだ。日夏もそう何度も、口にしたことのない代物だ。だが——。

(これじゃ、こいつの思うツボじゃん…)

不機嫌な日夏にはお子様よろしく、何か食べ物を与えておけばいいと思ってやがるのだこの男は。

そんな見え透いた手に誰《だれ》が乗るもんかと思いつつ、日夏はあえなく五秒でその策に堕《お》ちた。

「イタダキマス…」

「やっぱ朝抜いてきたんだな。顔色、あんまよくねーぞー?」

（心配してたんなら、最初っからわかりやすくそう言えっつーの）

友人のわかりづらい心遣いに溜め息《たいき》をつきながら、日夏は受け取ったサンドイッチのラップ包装を引き剝がした。確かに空腹は空腹なのだ。燃費の悪い自分としては、それはもう空前なほどに――。そもそも朝っぱらからあいつとケンカなんかしなければ、あんなふうに家を飛び出すこともなかったのだけれど。

とりあえず収まりどころをなくしたこの腹立ちは、食後に改めて踵落《かかとお》としか何かで発散させてもらおう。無言でそう決意すると、日夏は豪快に厚みのあるサンドイッチにかぶりついた。

世界なんて終わってしまえばいいのに――、そう思っていたのはつい最近までだ。

いや、むしろこの身が「期限」を迎えたその日に、自分の世界は何もかもが崩壊してしまうのだと信じ込んでですらいた。だが、四月の末に誕生日を迎えてからじき一ヵ月が経《た》とうとしているいまも、日夏の日常は連綿と継続していた。

（一ヵ月前にはこんな未来、考えもしなかったな…）

友人と肩を並べていられる日常が、いまも変わらず在るのはありがたい。

だがこんな苛立《いらだ》ちを背負い込むことになるとは、まったくの計算違いだった。

黙々と顎《あご》だけを動かしてクラブハウスサンドを咀嚼《そしゃく》しながら、日夏は冷めた視線を窓越しに見える本校舎へと送った。あの五階の会議室で朝から続けられている定例審議会、その中にはあの男の姿もあるはずだ。授業や会議中にしかかけないという縁なしの眼鏡をかけて、怜悧《れいり》な美貌《びぼう》にさらなる聡明《そうめい》さをプラスしていることだろう。

行儀悪くサンドイッチを咥《くわ》えたまま、日夏は首もとに垂れていたタイを片手で引き抜くとブレザーの胸ポケットに無理やり押し込んだ。暦上はまだ春の域だというのに、今日の気候はどこか初夏を思わせる熱を孕《はら》んでいる。

「なあ、衣替《ころもが》えっていつからだっけ？」

「あー？　まだ先の話だろ、ずいぶん気がはえーな」

「あちーんだよ…。もういいや、脱いじゃえ」

サンドイッチをもう一度咥《くわ》えながら、脱いだブレザーの袖《そで》を手早く腰に巻きつける。

こんな格好を風紀委員に見咎《みとが》められようものなら目くじらを立てられるのは必至だったが、いまに限ってはその心配もない。もとより風紀に目をつけられるのも、小言を言われるのも、問題児の自分にはいまさらすぎてそれすら日常の一風景だ。

英国《えいこく》のパブリックスクールを意識したというこの学院の制服が、日夏はあまり好きではない。加えて学院や家への反抗心からだらしなく着崩すのがいまとなっては習慣化しているのだが、自分とはまるで対極のスタンスにいるあの男には、正当な着こなしこそがよく似合った。

襟や袖口に金糸のパイピングが施された暗緑色のブレザーに、清潔感の漂う白いカッターシャツ。

その白さとのコントラストを際立たせるような墨色のタイは、いつだって品よくあの首もとを引き締めていた。タイと同色のスラックスに、手入れの行き届いた焦げ茶色のローファー。ブレザーの左胸に金糸で施された「月と星と太陽」を表すエンブレムも、あいつの胸でこそ輝いて見えた。

東京都《とうきょうと》M区に所在する『聖グロリア学院』と言えば、都内でも指折りの名門校だった。

幼稚舎から大学院まで続く完全無欠なエスカレーター制が輩出する人材は、政財界をはじめとした各界に著名人を送り込んでいることでも広く名を馳《は》せているのだという。それだけに入学には相応の家柄と、そして資質とが問われるのだが、まず第一に問われるのがこの条件だった。

——ヒトならざる存在、すなわち「魔物の眷属《けんぞく》」であること。

それが入学の大前提とされるのだ。ゆえにこの学院に所属する者はすべからくヒトではない。

(普通なら笑うか引くトコだよな、これ…)

そう思いつつも笑えも引けもしないのは、それが紛れもない事実だからだ。

聖グロリア学院の高等科・13Rに所属する日夏も例外なくその範疇に数えられる。

ただ日夏の場合は半分だけヒトの血が入っているため、完全なる魔物とはまた少し異なるのだが、その「資質」だけなら充分に持っていた。

(望んで得たわけでもねーけどな…)

自らを『魔族』と称するそれら人外の者たちには、大きく分けて三種の血統が存在する。

一つが吸血鬼の素質を継ぐ「ヴァンパイア」、二つめが狼男《おおかみおとこ》の素質を継ぐ「ライカン」、そして三つめが魔女の素質を継ぐ「ウィッチ」——日夏にはこの魔女の血が半分だけ受け継がれていた。

日夏のように両親から異なる血を継ぐ者を、魔族の内では俗にハイブリッドと呼び習わす。三種の血統の他《ほか》にも、魔族は多数派の「純血種《サラブレッド》」と少数派の「雑種《ハイブリッド》」とで大別することが出来た。純血種は読んで字のとおり、同族間に生まれた者、純血を保っている者を指す。魔族は遊びならどんな種族とも奔放に交わるが、生殖面では基本的に同種族としか子を生《な》さないのがセオリーとされている。ゆえに魔族界のマジョリティは圧倒的にこちら側なのだ。

これに対して雑種は、異種間に生まれ落ちた者、片方ずつ異なる血を引いて生まれた者を指す。だいたいが一夜の過ちであったり、火遊びの結果としてこの世に生まれてくるのだが、稀《まれ》に異種間同士で愛が育《はぐく》まれた末に、両親に望まれて生まれてくるめずらしいケースもあった。

日夏の場合がまさにその事例にあたる。そのうえ父親が魔族ではなく人間なので、その中でも特殊な例に挙げられるだろう。祖母によれば、日夏の母親は人間と恋に落ちた末、名門の家を捨てて駆け落ちしたのだという。魔族界では何よりもしきたりや伝統が重んじられるので、異種との、ましてや人間との恋なんて醜聞以外の何物でもない——祖母はいまでもよくそう嘆いている。

さらに魔族には生まれつきそれぞれの素質に応じた「能力」というものが具《そな》わっており、魔族であれば何か一つは特殊技能を持っているのが通常だった。だが日夏の場合は母親から受け継いだ魔女の血と、父親から受け継いだヒトの血とがせめぎ合った結果、「能力」に加えてある「身体機能」までもが先天的に具えられていた。

母親の死後、引き取られた神戸《こうべ》の本家でこの荒唐無稽《こうとうむけい》な真実を知らされて以来、日夏がずっと忌み嫌ってきた要素、それは他性の機能をも併せ持つ「半陰陽」という体質だった。

十六の誕生日を境に『変化《メタモルフォーゼ》』をきたす体——。この体質のせいで、日夏は男に生まれながら男のもとへと嫁がねばならない運命を背負うはめになったのだ。そんな運命や本家の思惑にからめ取られてなるものかと抗《あらが》い続けた日々に、ピリオドを打ったのが吉嶺一尉《よしみねいちい》という男だった。

（あいつを選んだのが間違いだなんて、いまさら思っちゃいねーけどさ）

一尉の言葉やその存在にどれだけ自分が救われたかは、自分の乏しい語彙《ごい》ではとても言い表せないほどだ。それだけ思っている相手に、己の抱える焦燥や苛立ちを理解してもらえないのが何よりもどかしくて堪らないのだ。

「すげー咀嚼スピードだな。クリームパンもあるけど食うか？」

「食う」

もぐもぐと廊下の隅で餌《え》づけされている間に、四限開始のチャイムが鳴る。

日夏と古閑のツーショットを興味ありげに眺めている者たちも多かったが、ほどなくして傍観者たちはそれぞれのクラスへと帰っていった。無人になった連絡路の窓枠に二人並んで背を預けながら、ちらりと上目遣いに傍らの古閑の表情を窺《うかが》う。日夏ほどではないにしろ着崩された制服の片手には、まだ黒い革鞄《かわかばん》が提げられたままになっている。

「何？　教室にもいかず、俺《おれ》の朝食パシってくれたわけ？」

「ま、似たようなもんだな。一尉からおまえが空腹のはずだってメールもらってね。風紀のやつら、授業返上で朝から審議やってんだろ？　自分は動けないからってさ」

（そんなことに気が回るくらいなら、もっと他のことに留意しろっつーの）

この場にはいない優等生に、内心だけで悪態をつく。

上品な笑顔が嫌味なほど板についた生粋のエリートで、他の追随を容易に許さない誉れと揺るぎない名声とを背に負った、自分には不釣合いなほど出来すぎた男。それが日夏の婚約者である一尉が学院内に築き上げた「偶像」だった。

婚約者——いや、正確には婚約予定者と言った方が現状には即しているのだが。

「……ちっ」

脳内の訂正に思わず舌打ちした日夏の不穏げな様子に、古閑が隣で「やれやれ…」と溜め息混じりの感慨を零《こぼ》す。猫背気味な痩軀《そうく》を窓枠にもたれさせたまま、片腕を後頭部に回すと古閑はさっくりとした調子で核心に踏み込んできた。

「その分じゃ、昨夜も旦那は帰ってこなかった？」

古閑の言葉にしばし唇を嚙んでから、日夏は乾いた返答をぼそりと返した。

「——いや帰ってきたよ、昨夜はな」

「ふうん、それで数日ぶりに盛り上がって朝方近くまでヤッてたってわけだ。なるほどね」

「…っ」

慌てて首筋を押さえた日夏に古閑が涼しい声でつけ加える。

「ああ、跡はついてねーから安心しろ？　いつもの鎌《かま》かけだって」

「………」

一波乱の末、四月の終わりに日夏と一尉がくっついてからというもの、悪友連中からはこのテの鎌を死ぬほどかけられているのだが、たまにビンゴがあるため油断はならない。胡乱《うろん》な目つきで見返した視線を、古閑は笑って受け止めると日夏の華奢な肩に腕を回してきた。

「やれやれ、発情期は終わったってのにお盛んなことだ」

「おまえにゃ関係ねーだろっ」

「ああ、ないよ。ないけど想像はするさ。おまえがどんな顔してあいつの咥え込むのかなとか、どんな体位で何回イッたとか、寸止めされてどんな言葉を言わされ…」

「――殺すぞ」

殺意を声に滲《にじ》ませたところで、ようやく下世話な口調がやんだ。やれやれ軽い嘆息とともに、古閑の体重がいくぶん日夏の肩に載せられる。

「何だ、冗談で締めてやろうと思ったのに。戻っちまう気か、本筋に」

「そうやっておまえまで俺を煙《けむ》に巻く気か？」

巧みな話術や軽口で焦点をぼかされるのはもうたくさんだった。ましてや返答の代わりに沈黙を選ぶなんて論外だ。欲しいのは疑問に対する「答え」であって、的外れな心遣いなどではけしてない。

（なのに、あいつときたら…）

一向に答えをくれる気配がないのだ。

非公式ながら、日夏と一尉が揃《そろ》って両家の親戚《しんせき》へ挨拶回《あいさつまわ》りにいったのが四月の末。その後、五月の連休中には終わるはずだった正式な「婚約」への手続きが、しばらく延期されたことを日夏が知ったのは連休も終盤に差しかかろうという頃合《ころあい》だった。

『え、延期してんの？　何で？』

『君の体が心配だからね、大事を取っての判断だよ』

確かにその頃《ころ》、日夏の体調はあまり芳しいとは言えなかった。

通常の魔族であれば、十歳から十三歳までの間に済ませているべき成熟の兆候——「発情期《ヒート》」を、日夏は半陰陽であるがゆえ十六歳の誕生日にようやく迎えたばかりだったのだ。

自分の意思とは無関係に猛《たけ》り狂う欲情に駆り立てられ、日夏は毎晩のように一尉と体を重ねてはそのどうしようもない衝動を発散する必要に迫られた。だが慣れないヒートの症状もさることながら、色恋沙汰《ざた》にはまるで疎かった日夏にとって、体を開かれる羞恥《しゅうち》や一尉によって丹念に教え込まれた快楽の数々は予想を遥かに上回る衝撃をもたらしたのだ。——あまりのことに最終日には思わず、こんな弱音を漏らしたくらいだ。

『おまえがこんなエロいって知ってたら、プロポーズぜったい受けなかった…！』

『言っとくけど、俺をそうさせてるのは君の方なんだからね』

そんなこともあり、連休中の日夏は心身ともにハードワークを強いられていたのだ。まともに腰も立たないような状態では結納の儀など務まるはずがない。それは日夏にも理解出来たし、納得もしていた。だが延期の理由が日夏の体調を慮《おもんぱか》る気遣いから、次第に移り変わっていくことに不審を覚えたのが五月の半ばすぎ。

『なあ、体調戻ったんだけど。まだ延期するわけ?』

『君が俺との婚約を急いでくれるのは嬉《うれ》しいんだけどね。いま吉嶺の祖母が持病で臥《ふ》せってるんだ。だからもう少し待ってくれるかな』

『今度は祖父が倒れるんじゃねーのか?』

『――あるいはね』

それからは何度質《ただ》しても返ってくるのは、現状を取り繕うための数限りない言い回しでしかなかった。五月下旬のいまとなっては、もはや沈黙と笑みが返るのみだ。

『君に下手な嘘《うそ》はつきたくないんだ』

『充分、嘘だらけじゃねーか。せめて言えない理由くらい言えよ』

『そうだな。じゃあ、まずは言えない理由を「言えない理由」から考えなくちゃね』

(何を隠してやがんだよ…)

誰もが認めるエリート優等生の一尉と、自他ともに認める問題児である日夏の婚約は、校内のみならず噂《うわさ》好きの多い魔族界にあっという間に浸透していった。だが正式な婚約まで秒読みと言われながらも、いまだに何の進展もない二人の関係に「早くも破局か？」という噂が新たに広まっているのも知っている。しかし一尉はそれに対しても一貫して沈黙を守り通しているのだ。

（何考えてんだよ、あいつ…）

眉間に深いシワを刻みながら上唇を噛み締めていると、それを戒めるように肩に回されていた古閑の手がむにっと日夏の頬《ほお》を摘《つま》んだ。

「そんなツラしてっと可愛《かわい》い顔が台無しだぞー」

「いんだよ、べつに…」

その手を軽く振り払ってから、今度はこれ見よがしに鼻にシワを寄せて顰《しか》め面を作ってみせる。

「もともとこういう顔なんですー」

「うーわ、だから崩すなって。俺、おまえの顔好きなんだからさー」

「あっそ、残念だったな」

誉《ほ》められたところで欠片《かけら》も嬉しくない。

男にしては無用に愛らしく整ったこの顔立ちも、日夏にとってはコンプレックスに近い。

肌理《きめ》の細かい健康的な肌色によく映える紅色の唇と、小ぶりの鼻。柔らかな発色の赤毛と同色の睫が縁取る瞳は、どこまでも深い濃緑色に染まっていた。全体的に小作りな造作の中では不釣合いなほどにその瞳だけが大きく、逆にそのアンバランスさが見る者に忘れ難い印象を残す。

いずれも、これらは「美貌」を謳《うた》われた母親の面差しに瓜二《うりふた》つなのだという。

そんな面立ちに加えて、発育が遅いのか生来なのか十六を超えてもなお華奢に留《とど》まっている肢体は、どこか甘い雰囲気を全体に醸し出していた。黙って立っていれば、少女と見間違う向きも多いだろう。その可憐《かれん》とも言える容貌《ようぼう》を唯一に等しく裏切るのが、厳然たる意志を宿した強い瞳――。

その目が何より生意気なのだと、本家にいた頃は周囲の者たちに何度も槍玉《やりだま》に上げられたものだ。だが嘲《あざけ》りや罵《ののし》りを受けるほどに、日夏の瞳は不屈の闘志でさらに強さを増していった。だが今日はその印象を損なうかのように、不揃いな睫が緑がかった丸い瞳に憂いのベールを被せていた。

上から押さえつけられるのなら跳ね返せばいい。何かを奪われたのなら取り返せばいい。いままでならそうやって対抗すればよかったけれど――だから、こういうのには慣れていないのだ。

(何をやっても流されちまう…)

唇を噛み締めながら押し黙った日夏を宥《なだ》めるように、古閑の手が「よしよし」と頭を撫でてくる。

「ガキ扱いもムカつくんだけど」

「婚約について、あいつの実家が揉《も》めてんのは知ってんだろ？」

「――…っ」

古閑のずるいところはこういうところだ、と心底思う。冗談や軽口を装いながら、いとも的確に核心をついてくるのだ。それも言い逃れ出来ないほど単刀直入に。

「……それくらいは知ってる」

この婚約について、一尉の実家サイドで内輪揉めが起きているらしいことは日夏も薄々勘づいては

いた。一緒に暮らしていればそれくらいはわかる。けれどその件について、一尉から何の説明もないことが日夏としては腹立たしいのだ。これから一緒にやっていこうというパートナーに対して、まずはきちんとした説明があって然《しか》るべきだ、という自分の意見は間違っちゃいないはずだ。「反対されている婚約者」としてのスタンスは他ならぬ自分のものなのだから。だが一尉はあくまでも、日夏の立ち位置は蚊帳の外、と最初から決め込んでしまっているようなのだ。

(そんなに俺って信用ないわけ？)

一尉が何かと戦っているというのなら、自分だってその隣で剣を持ちたい。ともに立ち向かいたいのだ。だがそれには値しないと言外に匂《にお》わされているようで、日夏はここ数週間、ずっと機嫌を傾けたままなのだ。

『おまえがそんなだと浮気するかもよ、俺』

少しは動揺するかと投げかけた切り札すら、鮮やかな笑顔で受け流されたのが今朝のこと。

『大丈夫、俺は君を信じてるから』

隙《すき》のない笑顔で明言されて、日夏はカッとなった末に気づいたら家を飛び出していた。

(信じてるなんて口先だけのくせに…！)

本当に自分を信じているのなら、真実を打ち明けてくれてもいいはずだ。だが何を言っても訊《き》いても手応《てごた》えのない、暖簾に腕押しするような日々がもう二週間近く続いている。何よりも日夏の神経を苛《さいな》んでいるのは、不全なこのディスコミュニケーションがはたしていつ終わるのか、その予想すらつかないことだ。

「あのさ」

「ん?」

「少し、疲れた…」

間近で聞こえる古閑の息遣いに耳を傾けながら、日夏は近しい体温に側頭部の重みを預けた。

「そっか」

「……うん」

肩を抱く古閑の指先が赤毛を掻《か》き回すのを無言で許しながら、日夏はその感触にしばし身を任せることにした。どこかのクラスから教科書を読み上げる声が途切れがちに聞こえてくる。

そういえば四限の授業って何だっけ? としばし考えてみるも、該当する答えがなかなか思いつかない。どのみちこんな沈んだ気分では、授業に向かい合う気にはなれなかった。

「おまえは授業、いいのかよ?」

「いまさらすぎる確認だな」

ハハッと、古閑が吐き出した息で笑う。四限から参加する気で登校してきたのだろうに、どうやら日夏の宥め役を最後まで全うする気でいるらしい。

(面倒見いいよな、こいつも…)

古閑とのつき合い自体はそう長くない。今年でようやく四年目だ。

どこか愛嬌《あいきょう》のある切れ長の一重と、その鋭さに沿ってアーチを描いた細めの柳眉《りゅうび》。自分より赤みを帯びた短めの癖毛はワックスで無造作に散らされており、左耳にはいつもずらりとピアスが並べられていた。尖《とが》った鼻先の下では薄めの唇が常に薄笑いを浮かべており、その唇が吐き出す皮肉げな口調が日夏はわりに気に入っていたりする。

系統で言えば爬虫類系《はちゅうるいけい》の——どことなくサディスティックな印象を与えるこの男が、見た目に反してこざっぱりとした、友達思いなやつであることを日夏は誰よりも知っている気がした。

何しろ三年と少しの間、一緒に暮らしていたのだから。

「俺さ、古閑を選ぶべきだったのかな」

遠い親戚筋でもある古閑が、自分の婚約者候補——中でも第一候補だったことを知ったのは、一尉との関係が一段落した直後のことだった。だがその事実を知るよりも前に、日夏が古閑とのそういった可能性について、一度は考えかけていたことを本人は知らないだろう。

(手持ちのカードではあったんだよね)

しかも、その中でも最有力候補の未来だったのだ。一尉という存在に惹《ひ》かれるまでは——。

「お、気が変わった？　何なら、いまからでも攫《さら》ってやろーか」

「おまえにその度胸があんならな」

「あー、ないね。一尉とタイマン張る気とかマジないもん、俺」

「そこは冗談でも戦うって言っとけよ」

「いやいや、無理でしょー。まあ、日夏が俺に本気で惚《ほ》れてんなら話は別だけどね」

(ちぇ、また諭す気だなこいつ…)

けっきょく自分と古閑はいまの位置関係がちょうどいいのだろう。つかず離れず、ここまでと許された範囲内で甘えたり甘やかされたり——。同居生活三年のキャリアはやはり大きいのだろう。悪友連中の内でも、跳ねっ返りの日夏の扱いに一番長《た》けているのはこの男だった。その辺を見越したうえで、一尉も古閑にメールを送ったのだろう。

「おまえに手ェ出すったらさ、やっぱ相当の覚悟がいるぜ?」

「………」

口を噤《つぐ》んだ日夏の髪を、古閑の掌《てのひら》が何度も優しく撫でさする。

「それくらいわかってんだろ? あいつがおまえのこと、どれだけ大事にしてるかとかさ」

(ああ、知ってるよ…)

臆面《おくめん》もなくそんなことを口にする気はないけれど、愛されている自覚はあるのだ確かに。ふとした表情や仕種《しぐさ》、触れてきた指先に感じる思い。誰よりも思われて大切にされている実感だってあるのに、その現状だけじゃ自分は満足出来ないのだ。

「あいつがいま言えないってんなら、少し待ってやってもいーんじゃねーの? おまえのその何でも白黒つけて結果出したがるところ、俺は嫌いじゃねーけどさ」

「……やっぱ俺のワガママなのかな」

出来るだけ対等でいたい、とそう強く思ってしまうのは。

(肩を並べて歩きたいんだよ、おまえと)

だからそのためにも、一尉の「信頼」が欲しいのだ。その実感が——。

「まあ、ワガママ言われんのも嬉しいもんだけどな。案外、おまえの不安そうな顔見て安心してるのは向こうの方かもしんねーぜ?」

「安心?」

「そ。おまえって自分の気持ち、素直に言葉にするタイプじゃねーだろ? まあ、憎まれ口だけは達者だけどさ。だから向こうとしてはそれが愛されてる実感になんじゃねーの?」

「実感、ねえ…」

「もしくは悦に入ってるとか。あいつホラ、ドSだから」

(はっ、確かにSっ気ありまくり…!)

と一瞬納得しかけてから、日夏は下げていた口角を思わず緩めた。

気づけばすっかり古閑のペースに巻き込まれている。あれだけ荒れ狂っていた胸の苛立ちも、いまではほとんど静まりかけていた。機嫌の回復要因として腹が膨れたのも多少は関係あるかもしれないが、古閑にしろクラブハウスサンドにしろ、根回しはあの優等生からだ。

「なあ、この辺のフォローまであいつに頼まれてた?」

「や、最後の方は計算外。俺もつくづくおまえには甘いよなぁ、ホント」

言いながらポンポンと頭を叩かれる。このムカつく子供扱いもいい加減、潮時だろう。

「これ以上触ってると金取るぞ」

「お、急にケチになった」

放《ほう》っておく限りいつまでも弄《いじ》ってそうな古閑の手を肩から叩き落とすと、日夏は自分よりも頭半分高い位置にある吊《つ》り目に挑戦的な眼差しを投げかけた。

「あいつとタイマン張る前に、俺とサシでやっとくか？」

「——ちぇ。こんなことならもう少し、落ち込ませときゃよかったなぁ」

「そりゃ残念」

そもそも何のためにここにいたのか、それすら忘れかけていた自分に知れず苦笑が浮かぶ。

八重樫に借りていた辞書を返すべく教室を出てきたというのに、窓越しにあいつがいるだろう会議室を見た途端、今朝の苛立ちが急激にぶり返してしまったのだ。

「お、会議も終わったみたいだな」

古閑の声に釣られて本校舎に目を向けると、会議室の照明がちょうど落とされるところだった。審議会が終わったとあっては、校内のいつどこで風紀委員に遭遇するかわかったものではない。日夏は腰に巻いていたブレザーを解《ほど》くと、仕方なく袖を通した。続いて胸ポケットから丸めたタイを引っ張り出す。せめて首から下げるくらいはしておいた方がいいだろう。

先月、己の油断からどこかのエリート風紀委員に捕まって、久方ぶりに『手錠《ハンドカフ》』をかけられたのは記憶に新しいところだ。恐らく今回の審議会で、日夏にも何らかの処分は下されていることだろう。下手したら停学という線もある。それを思うとまた気持ちが沈んでくるのだが…。

「おまえもタイ締めとけば？」

「反省文書くようなヘマ、俺は最近してないんでね」

「……ちっ」

出くわした風紀に難癖をつけられて、その日の内に処分を重くされたことも過去にはある。そもそもこんなところで立ち話をしていては悪目立ちするばかりだろう。

「なあ。四限諦《あきら》めたんなら、一緒に八重樫んトコいかねー？」

タイを結びながら古閑の手にある辞書を顎先で示すと、日夏は進行方向を15Rの教室へと定めた。この時間、あのクラスは移動教室で空になっているはずだ。あの授業の単位はとっくに捨てたと聞いているので、メガネの情報魔は空の教室でいつものように雑誌でもめくっていることだろう。

古閑の答えを待たずに一歩踏み出したところで。

「はいヒナっちゃん、ストーップ」

「ミギャ…っ」

日夏は急に後ろから首根っこをつかまれた。そのまま勢いよく引っ張られて、後ろで待機していた古閑の胸に背中から飛び込む格好になる。

「何だよ…っ」

「まさかとは思うけど、おまえ忘れてる？」

「は？」

振り返ろうと身じろいだ日夏の目前に、八重樫の辞書がすっと差し出される。落ちてきた重みを反射的に受け止めたところで、古閑の溜め息が首筋に吐かれた。

「八重樫なら一昨日の夜からストックホルムだぜ」

「ストックホルム？」

「俺らこの話一緒に聞いたよな、あのメガネから。で、みやげ期待してっからなーって」

「言ってた、俺？」

「一昨日の昼休みにな。高いモンじゃねーと許さねえって、散々っぱら絡んでた」

（やべえ、覚えあるなソレ…）

古閑の言葉にピックアップされるように、一昨日のテラスでの記憶が甦《よみがえ》ってくる。

若手ライカンのシンポジウムだか交流会がスウェーデンで開催されるとかで、「お偉方の通訳も兼ねてちょっくら向こうで遊んでくらー」とブロウレスフレームのメガネ男は確かにそんなことをほざいていた気がする。その時の笑顔があまりに朗らかだったので、こりゃどんな裏があるやら…と疑ったことまでを付随して思い出した。

短く刈られたライカンらしい茶髪に、人好きのする笑顔と顔立ち。成績では常に上位に食い込む頭脳は四ヵ国語を自在に操るという触れ込みで、最近では五つめの言語もマスターしつつあるのだという。だがどこかインテリめいた雰囲気を放つあの男が、爽《さわ》やかげな外見とは裏腹にタダでは動かない金の亡者であることを、この学院の者なら誰でも知っているだろう。

さらにやたらと回転のいい頭と口とで、教師すらも丸め込むのが八重樫の得意業だった。そのうえライカンの中では最近勢いを増している『八重樫』家の長男で、資産家の親が学院に寄付している額も半端ないのだと聞く。そんな背景をまるまる悪用した八重樫の振る舞いには、学院側も口を出しにくいらしい。

「あいつ、いつ帰ってくるって？」

「それも一昨日聞いたろ？　来月頭には帰ってくるって」

アハハと笑って誤魔化すと、日夏の首筋に今度はわざとらしい嘆息が滑り込んできた。

「悲しーね。友情は愛よりも金よりも劣るってか」

「つーか、愛て」

「愛だろ？　おまえの頭ン中、最近ずーっと一尉でいっぱいじゃん」

「う……」

確かにこのところ婚約のことばかりを気にかけていたので、それ以外のことが多少疎《おろそ》かになっていたのは否めない。これ以外にも課題を忘れること二回、実技テスト中に惚《ほう》けて軽傷を負うこと一回、曜日違いの教科書を揃えて登校すること三回……まだ他にも細かい失敗を数え上げたらきりがないのだが、友人の言葉すら馬耳東風になっていたとは——我ながら自分の腑抜《ふぬ》け具合には半笑いになってしまう。あんまりだとも思う。

「それにしても、日夏が恋愛に生きるタイプだとは思わなかったな」

「べつにそういうんじゃゃ…」

「ま、いんじゃねーの？　恋はのめり込んでナンボだしさ。とりあえず食堂いこーぜ」

「あ。俺、財布忘れたんで一文無しだけど」

「それも聞いてる。今日のところは貸しにしといてやるよ」

トンと軽く背中を押し出されてその場を歩き出す。さっきとは逆方向へと並んで歩きながら、日夏は知れず口もとに運んでいた親指の爪《つめ》に軽く歯を立てていた。

古閑の言うとおり、自分の頭がこんなふうに誰かのことでいっぱいになるような事態に陥るとは、一ヵ月前の自分には想像すら出来なかったことだ。一尉と出会ったことによって得た物もいろいろあるけれど、気づかぬうちに失った物や変わった点もあるのかもしれない。渦中の自分には気づけないものも、古閑や八重樫辺りからはよく見えていたりするのだろう。

「なあ、俺って前と何か変わった？」

日夏のシンプルな質問に、古閑は「んー」としばらく考えるように天井へと視線を上向けてから、おもむろに日夏の腰に腕を回してきた。

「変わったといえば体つき？　あいつにヤラシさの限りを尽くされてるだけあってこの…」

「こっちは真面目に聞いてんだよッ」

「イッテー…！」

減らず口を裏拳で黙らせると、日夏はすぐさま古閑の腕の拘束を脱した。遅ればせながらいまになって、一尉としたある「約束」を思い出したからだ。

『最近、周囲とのスキンシップがすぎるんじゃないかな』

『は？　んなことねーよ』

『そうかな。君のガードが前に比べて緩くなってると思うのは気のせい？』

『気のせい、気のせい！』

力いっぱい否定してもなお、時間を置いてくり返される確認についキレて余計な約束をしたのが昨夜。だが今日の言動を思い返す限り、反論の余地はないような気がする。

『万が一にも、誰かの唇が君の身に触れるようなことがあったら…』

『あったら？』

『――君が泣いて嫌がるアレをするから覚悟しておいてね』

（んなことになって堪《たま》るかっつーの！）

古閑との距離をさりげなく二メートルほど開けると、日夏は我が身が安全圏に逃れたのを確認してから、改めて食えない男の薄笑いを振り返った。

「で？　マジな話、何かねーのかよ」

「変化ねぇ。まあ、前に比べたら多少丸くなったんじゃねーの？」

「丸く、か」

言われてみれば以前の方が、もっと何もかもに神経を尖らせていたような気がする。

半陰陽という体質への嫌悪感や、将来に対する不安、本家や周囲の野次馬たちへの不信感。そういった懸念事のほとんどから解放され、肩の荷を下ろした状態がいまの自分なのだろう。

（ま、いまはいままで違う懸念事に囚《とら》われちゃいるけど…）

思えば神戸の家に引き取られてからこれまでの間、ずっと背負い続けてきた忌まわしい荷物をひょいっと引き取ってくれたのが一尉なのだ。こんなふうに前と変わらず日常が続いているのも、自分の将来に対して初めて希望が抱けるのも、あいつに出会えたから――。なのに現状にまだ不満を抱いてしまうのは、やはり自分がワガママなのかもしれないと思う。

（誰かと結ばれただけで即ハッピーエンド、ってわけにゃいかねーもんな…）

そんな結末はお伽話《とぎばなし》だけに許された特権だというのに、そんなふうに一足飛びにつかめる幸福を自分はどこかで求めていたのかもしれない。だが労せず手に入れた物にはなかなか価値を見出《みいだ》せないのが悲しき人の性《さが》という物だ。苦労や涙の末に一尉との未来を見出したように、この先の道も同じように一尉と二人で作っていくしかないのだろう。時にはぶつかり、時には許し合いながら。

「焦ってもしょうがねえってことか」

「何だ、結論出たのか？」

「まあね」

ようやく痛感したこと——自分はスタートラインから間違えていたのだ。

どんな関係においても、相手の本音が知りたいのなら先に自分から手の内を晒《さら》すのがルールだ。

一尉の本意を探ることにばかり執心していたけれど、まずは包み隠さず自分の本音を言うことからはじめなければいけなかったのだろう。あいつからいま一番欲しいもの、それは口先だけではない「信頼」なのだから。それを手にして初めて、質問への答えが得られるのだろう。

(やべー、恥ずい…)

相手の言い分に聞く耳すら持たず、騒ぎ立てていた自分がいまようやく客観的に見られた気がした。

「——サンキュ、ちょっと頭冷えたワ」

「よくわかんねーけど、役立ったんなら何よりってことで」

(とりあえず次に会ったら開口一番、謝っとこ)

今朝はあまりに一方的に暴言を叩きつけて出てきてしまったので、苦い後悔がずっと胸の一部を占めていたのだ。謝って、それから素直にいまの気持ちを伝えよう。

ここ数週間ずっと薄暗かった視界がようやく晴れた気がして、日夏は一段抜かしで軽やかに階段を下った。その背後に古閑の猫背がのらりくらりと続く。

「ところでさー」

一階まで残り数段というところで、ふいに古閑が話題を変えてきた。

「最近、新しいホクロとか出来た?」

「は？　ホクロ？」

「うん、耳の裏のこの辺トコ、心当たりない？」

不審げに見返った数段上で、古閑が手摺《てす》りにつかまりながら「ちょうどここら辺」と耳のつけ根付近を指先で示す。覚えがないので首を傾げると、古閑はへぇ…と細目をさらに眇めて笑った。

「これも一尉の仕業か。あいつもえげつないことすんねぇ」

「何が？」

「んーま、そんだけ心配なんだろうな。最近の誰かさんときたら、何しろ隙だらけだし」

「だから、何が？」

「いやしかし、あいつも大変だなぁいろいろと」

ニヤニヤと薄笑いを浮かべたまま、古閑が焦点をぼかした視線を足もとに投げ捨てる。どうやら日夏と会話をする気は一ミリたりともないらしい。これも古閑の悪いクセの一つだ。

（話がまったく見えねーんだよ…ッ）

そうがなり立ててやろうと思った矢先に。

「あッ」

古閑が突然大声を上げて、驚いたようにその場で瞬間フリーズする。

階下を指差して固まった仕種に視線が釣られた、その一秒後。

（え……？）

日夏は首筋に熱い吐息がかかるのを感じた。追い抜かれざま肩を抱かれて、濡《ぬ》れた感触が首筋を掠《かす》める。その感触に違和感を持った時にはもう、古閑の背中は速やかに階下まで到達していた。

（って、いまの……！）

舐《な》められた——と気づいた瞬間にザワッと全身が鳥肌だつ。

「お…っまえ、何考えてんだよッ」

「だーから隙ありまくりなんだって。そりゃーあいつも心配するぜ？」

「だから、さっきから何の話…っ」

半ばパニックに陥りかけたところで、スラックスのポケットで日夏の携帯が着信を告げた。慌てて引っ張り出した液晶画面でスライドしている名前に、いくぶん顔から血が下がっていく。

（マジかよ…）

電話相手には見当がついているとでも言うように、階段を下りきったところでこちらを眺めている古閑の口もとにはチェシャ猫のような笑みが浮かべられていた。

「も、もしもし…？」

あまりと言えばあまりのタイミングに、後ろめたさを感じつつ通話に応じる。もしやどこかでこの光景を見ていたのだとしたら、後が怖すぎる。

『俺だけど、いま平気？』

だが日夏の鼓膜を打ったのは、いつもと変わらぬ穏やかさに満ちた一尉の声音だった。

『ついさっき会議が終わったよ。その報告も兼ねて、一緒にランチでもどうかなって思って』

「あ、ちょうどいま空腹で食堂に向かってるとこ」

『だと思ったよ。古閑の救援物資だけじゃとても足りそうにないもんね』

耳もとで笑われて、どこかくすぐったいような心地になる。

日夏の体はとにかく燃費が悪いのだ。先ほどせしめたパンが逆に呼び水になったかのように、貪婪《どんらん》な食欲に支配された胃が体内でクウ…と静かに弱音を吐く。

『じゃあいつものテラスで会えるね。先にいって待っててもらえる？　すぐにいくから』

「オッケー」

『ところでいま近くに古閑いる？　いたら伝言、頼まれて欲しいんだけど…』

一尉の台詞《せりふ》にドキっと鳴った心臓を辞書で押さえながら、日夏は「ああ、何？」と努めて平静な声を装った。声を聞く限りでは一尉に変わった様子は見られない。古閑にさえきちんと口止めを施せば、たぶん悟られることなく終わるはず——。日夏が窺いの視線を走らせたのに気づくと、古閑は憎たらしい調子でひらひらと宙に掌を踊らせた。

(覚えてろよ…)

『ちなみに君の処分は保留になったよ』

「え、マジで!?」

取り急ぎ今日の審議会ではお咎《とが》めなしに終わったことを聞かされて、日夏はホッと内心で一息ついた。しかしこれは『日夏を一尉の監視下に置く』という条件提示で成り立った取引なので、しばらくは模範生ばりに振る舞うよう、心しておくようにとも釘《くぎ》を刺される。

『いままでの累積もあって本来なら一週間の停学が妥当、ってのが委員会の見解だったんだけどね。そこはどうにか食い止めたから。後は君の態度次第だよ。それから…』

続けて何本もの釘を刺されつつ、この声をこんなにも穏やかな気持ちで聞くのは久しぶりかもしれないと思う。それだけ自分がテンパっていたのだろう、それも独りきり。

「じゃあ、詳しい話はまたのちほど」

「あ…」

(そうだ、謝んなきゃじゃん…!)

通話が終わりそうな気配に慌てて「あのさっ」と声を張り上げると、その先の言葉を制するように一尉が少しだけ声のトーンを抑えた。

『今朝は——ごめんね』

「やっ、こっちこそそっつーか…」

このテの言葉は先を越されて言われた途端、自分の方が全面的に悪かったような気がしてくるのはなぜなのだろう？　いや、そもそもこちらの怒りが理不尽にすぎたのだが——。

「あれは俺の方が悪かったし、だからえーと、その…」

己の跳ねっ返り人生において、あまり率先して口にしたことのない「ゴメン」の三文字に苦戦していると、ややして右耳に細い嘆息が聞こえた。

『――まったく、妬《や》けるな』

「え？」

『古閑の言うことは相変わらず素直に聞くんだから』

「や、べつにそういうわけじゃ…っ」

なぜか古閑に関してだけはたまに敵対心を燃やす節があるので、ここは否定しなければと意気込んだところで、誰かが電話の向こうで一尉の名前を呼ぶのが聞こえた。

『ああ、じゃとりあえず伝言は正確によろしく？』

「ハイハイ」

了承の旨を最後に通話を終えると、日夏はスラックスのポケットに元どおり携帯を滑り込ませた。

（さーて、と）

トントン…と階段を下るごとにポケットからはみ出たストラップがリズミカルに揺れるのを感じながら、薄笑いを浮かべたままの男に視線をロックオンする。古閑との距離が五十センチを切ったところで、日夏は託されたメッセンジャーの役割をはたすことにした。

「いまの一尉だろ？」

「そ。一緒にランチしねーかってさ。だからテラスで待ち合わせた」

「へーえ、そりゃ悠長な話だね」

「で、これはあいつからの伝言な」

「伝言？」

その場で素早く腰を捻《ひね》ると同時、古閑の肩口に強烈な回《まわ》し蹴《げ》りを一発見舞う。突然の出来事に面くらったのか、古閑の手から滑り落ちた鞄がどさりと廊下に横たわった。

「よくわかんねーけど、回し蹴りしとけってさ」

「あー…そーゆことね」

この不穏当な伝言に思い当たる節でもあるのか、古閑が苦笑で口もとを歪めるのを眺めながら。

「ザマーミロッ」

日夏は今日初めての会心の笑みを満面に綻《ほころ》ばせた。

2

例の「約束」を破ったことを、日夏はその日の内にひどく後悔するはめになった。

このところいつもだったら、放課後は松濤《しょうとう》の実家に回り戻ってこないこともしばしばだったというのに、今日に限って「一緒に帰ろう」とわざわざ日夏のクラスまで迎えにきた時点でいま思えばすでに怪しかったのだ。帰宅途中に寿司《すし》を奢《おご》って、日夏の気を大幅に逸《そ》らしていたのも計算の内だったのだろう。マンションに帰りつくなり一尉は、チョコレート色の髪を掻き上げながら何でもないことのように玄関口で爆弾を投下してみせた。

「ところであの約束、守れなかったみたいだね」

「――…ッ」

(何で知ってんだよ、こいつ…!)

脱ぎかけた靴もそのままに、ビタンッと勢いよく壁に貼《は》りついた日夏に一尉の涼やかな眼差しが注がれる。

形のいい鼻梁《びりょう》に降りかかるビターハードな前髪がさらりと揺れて、高潔そうな薄い唇がすっと口角を引き上げた。それだけで怜悧な美貌に酷薄さが加わり、藍色《あいいろ》の双眸《そうぼう》にもひんやりとした冷気が漂いはじめる。右目の端にポツンと墨を落としたような涙ボクロも、いまは冷徹なオーラを醸し出すのに役買っていた。

「――君はどうして簡単な約束も守れないのかな」

図星を指されて固まった日夏に一尉が優しく目を細める。そのままシャワーすら許されずに日夏は寝室へと連れ込まれた。制服を脱がされるなり、ベッドの上に追い上げられて一時間――。

日夏の頬はすでに熱い涙でびしょ濡れになっていた。

「ふ…っ、不可抗力だあれは…ッ」

「フウン？　誰に何をされても、君はそんなふうに言い逃れるつもりなのかな」

「やっ……ソコ、は…ッ」

一尉の指が完全に屹立《きつりつ》した日夏の先端をゆるゆると撫でさする。

「あ…っ」

これまでずっと放置されていたソコにようやく触れてもらえた喜びに自然と腰が揺れてしまうのを、日夏は泣きそうな目でひたすら見つめるしかなかった。そんな艶《なま》めかしい痴態を間近にしながらも、一尉の冷めた顔つきが崩れる気配はまるでない。

「まだ中しか弄ってないのにもうこんなにトロトロに濡れてる。色もずいぶん白くなってるね」

言いながら裏筋の際をそろそろと辿《たど》られて、そのもどかしい刺激に思わず腰を突き出したくなる衝動と全力で戦う。――今日の一尉はとにかく意地が悪かった。

最初に与えられた深いキスだけで漲《みなぎ》りを見せたソコには目もくれず、一尉はいつも以上に時間をかけて日夏の後ろから解《ほぐ》していった。脱がされてから一度も触れられていないにもかかわらず先走りに白く濁りが混じっていたのは、それだけしつこく中の性感帯を突つき、引っ掻き、捏《こ》ねくり回されたからだ。昨夜も昨夜で一尉に酷使された体は、まだその残り火がどこかに燻《くすぶ》っていたかのように、いつも以上にすべての刺激を鋭敏に感じ取っていた。

「昨夜あんなにしたから今日は我慢しようと思ってたのに。とても手加減は出来そうにないよ」

「こ、こんだけすればしばらくしないで済むって…、昨日言ってたのは嘘かよ…っ」

「そうだね、君があんまり恥ずかしがるからそうしてあげようと思ってたんだけど。でもこれは自業自得って言うんじゃないかな」

(ちっくしょー…!)

ベッドで逆らうと碌《ろく》なことがないのはすでに何度も教え込まれているので、シーツの上では日夏は従順にならざるを得ない。それでもいつもなら悪態の五つや六つ、悔し紛れに浴びせかけているところなのだが、それすらも自重しているのは約束を守れなかった自省があるからだ。

己の自衛モードが確実に低下しているのは、古閑の悪戯《いたずら》に続いてあの後のテラスでも痛いほどに思い知らされた。日夏の機嫌がどんなに悪かろうが気にも留めず絡んでくる三人目の悪友、ヴァンパイアの各務隼人《かがみはやと》に後ろから抱きつかれたのは確かに不覚だったと反省している。以前の自分だったならあそこまで無防備に抱き竦《だすく》められる前に、気配を察してうまくかわしていたことだろう。

直後に抵抗してすぐに逃れはしたけれど、それを見つめていた一尉の視線はすでに氷点下にまで温度を下げていて胆《きも》の冷える思いをしたものだ。

それを楽しげに古閑と隼人の二人が眺めていたのも思い出す。

（そういや最近やけに、八重樫が肩を組んできたり、隼人に手ェ握られたりしてたよな…）

一尉とのつき合いは日夏よりもあの三人の方が遥《はる》かに長い。だからこのテの悪戯は日夏に対してというよりもその向こう側にいる一尉をターゲットに行われているようなのだが、そのとばっちりがこんなふうに返ってくるのなら金輪際、誰にも触らせるもんかと決意したのは言うまでもない。

「つーかヒートはもう終わったんだから、何もこんな…っ」

「愛し合う二人が体を繋《つな》ぐのに理由がいるの？」

「――――…ッ」

素面《しらふ》でそんなことを言ってのける一尉に日夏が絶句したところで、M字に開いていた両脚をさらに割られて固定される。ベッドヘッドに立てかけた枕《まくら》に背中を押しつけながら、日夏は指と舌とでいつも以上に丹念に解されたソコに、ゆっくりと一尉のモノが入り込んでいくのをまともに視界に収めてしまった。ローションで濡れた刀身がじゅぷ…っとイヤらしい音を立てる。

「見える？　君のココに俺のが入っていくところ」

「んなの、見たくな…っ」

「ほら。ちょうどこの辺が中のポイントだよ」

半分ほどが入ったところで前後に軽く身を揺すぶられる。さらに日夏の曲げた膝《ひざ》を両肩にかけると、一尉は角度のついたピストンで日夏の泣きどころを正確に責め上げた。

「やっ、ヤ…、やァッ」

「すっかり中の感覚を覚えちゃったね。ほら少し突くだけで前からトロトロ溢《あふ》れてるよ」

揺すられながら屹立したモノの先端を撫でられて、さらにくぷりと粘液が零れ出す。背後の枕に両手で縋《すが》りながら、日夏はきりのない欲情が込み上げてくるのを必死に堪《こら》えるしかなかった。

発情期の間中、こうして毎晩のように体を開かれたからなのか——。

昨夜といい今夜といい、一尉の手に触れられるだけで欲情してしまう自分の体を、日夏は正直持て余していた。発情期の間はまだそれが免罪符になったのに、いまは自分が乱れてしまう言い訳をどこにも転嫁することが出来ない。

「ふっ、ン…ッ、んン…」

顔を背けながら自身の指を噛み締めて、あられもない声が出そうになるのを未然に防ぐ。けれどそれを許さずに、一尉はピタリと律動を止めると日夏の口から歯形のついた指を引き抜いた。

「そんなに声を出したくないんなら、悲鳴も出なくなるようなコトをしようか」

「や、やだ…っ」

「どうして？　だって声を聞かれたくないんでしょう」

ゆるゆると再開された抽挿に腰を震わせながら、両脇《りょうわき》に突かれた一尉の腕に慌てて取り縋る。一尉の冷めた双眸がすっと狭められるのを間近に見つめながら、日夏はその中に慈悲の色が浮かぶのを切実に待った。そうとう頭に血が上らない限り、一尉もそう無体な行為を強いることはない。

「お願い、アレだけはやだ…っ」

だが怜悧な面立ちには、相変わらず氷のような冷たさが宿っていた。

「アレって何？　ちゃんと口で言ってくれないとわからないな」

「な…っ」

「俺にされたくないことをちゃんと言って。どこに何をされたくないの？」

その後の行為を予感させるように、一尉が日夏の屹《じ》立に左手を添える。輪にした指で先端だけを露出させると、一尉は中への突き上げをことさら焦らすような動きに切り替えた。

「な、何時間もソコだけしつこく責めやがって…」

「——ああ、もしかして君のココをローション塗《まみ》れにして、舐めるように掌で可愛がってあげたことかな？　捏ねくり回すたびに中がピクピク痙攣《けいれん》して、入れてるこっちも堪らなかったよ。泣いて悦がる君の顔がまた扇情的でね、歯止めがまったく利かなかった」

(こっ、の……ドS男…ッ)

連休最終日の、地獄のような記憶はいまだ鮮明だ。

ヒートに煽《あお》られた体の衝動がいちおうの収まりをみせたところで、一尉はまだ硬い自身を中に収めたまま、おもむろに日夏の先端に両手を添えたのだ。潤んだ裂け目や括《くび》れた段など、最初は弱い箇所を弄られるだけだった刺激が次第に熱を帯びていくのに気づいた時にはもうすでに遅く、日夏は抵抗すら忘れるほどの未知の快楽に突き落とされていた。

「あっ、あああァアアア…ッ」

耐え難い仕打ちに迸る《ほとばし》る悲鳴が声を嗄《か》らせるまで、一尉の動きは止まらなかった。

剝《む》き出しの過敏な神経を搔き毟《むし》るような快感はあまりに強すぎて、射精への道程はどこまでも遠かった。それ以前にもう二度達していたというのに執拗《しつよう》に弄られ続けて、途中何度気を失いそうになったことか。けっきょく最後には三度目とは思えないほどに大量の精液をダラダラと吐き出させられ、必要以上に引き伸ばされた絶頂は啼《な》き続けた日夏から完全に声を奪ったのだ。

「じゃあ今日は、ココを触らなくてもいい？」

パッと一尉の手が離れたせいで、ぶるんと日夏の屹立が切なげに首を振る。

ここでイエスと答えれば、本当に最後まで一尉は日夏のモノに指一本触れずに終わらせる気なのだろう。突かれる快感を覚え込まされたとはいえ、日夏はまだ後ろの刺激だけではイクことが出来ない。もしそんなことを了承すれば、絶頂寸前の生殺し状態で苛まれるのは目に見えている。けれどノーと返せば、間違いなくこの男はあの日の行為を再現するだろう。

「触んなくて、イイ…っ」

悩みに悩んだ末に選《よ》り出した日夏の決断を、だが一尉はさらりと笑顔で跳ねつけてしまった。

「残念だけど君は約束を破ったんだから、罰は当然だよね」

「———…！」

（きたねー、このオトコ…ッ）

日夏が答えを選ぶ間、止められていた腰の動きが再開される。

「あっ、アっ、ぁ…ッ」

さっきよりも激しいピストンに突き上げられながら、日夏は上下に揺すぶられる体をどうにか支えようと後ろ手にシーツをつかみ締めた。ここに至るまでにさんざん中を弄られたせいか、腫《は》れたようになっている前立腺《ぜんりつせん》付近を一尉の先端が通過するたびに、泣き出したいほどの快感に襲われる。

「や…っ、あァ、アア…んっ」

巧みな抽挿で日夏の理性が集中を欠いている間に、一尉は手早く必要な準備を整えていった。枕の裏に隠されていた予備のローションをたっぷりと掌に振りかけて粘らせる。

「ゃ、ヤダ…ッ」

その不穏な動きにようやく日夏が危機を感じた時には、一尉の両手がもうソコに伸ばされていた。律動に合わせて揺れていた屹立をとらわれて、親指と人差し指で輪を作った左手に先端の括れを固定される。指の間から濡れそぼった粘膜だけを剝き出しにすると、その上に一尉の利き手がそっと被せられた。クチ…と濡れた音が響いて、思わず息を吞《の》む。

「や、やめ…っ」

「——いくよ」

一瞬後、寝室には日夏の半狂乱な悲鳴がこだましていた。

「やぁあアアアッ、ぁぁあああ…ッ」

クチュクチュ…と職人めいた動きで日夏の先端を苛みながら、ベッドのスプリングを利用して軽く中を突かれる。前立腺への刺激に日夏の気が逸れる間もなく、嵐のような快感が一尉の手に玩《もてあそ》ばれているソコから全身へと迸る。

これまでほとんど触れてもらえず飢えていたソコに与えられる刺激は、日夏の体に許容量オーバーな快感をもたらした。

「ひあ…ッ、あああァアアアっ」

抱え上げられた両脚や曲げられた腹筋も、間断ない快感で細かく痙攣している。硬直して反り返った足の指が律動に合わせて弧を描くのを、日夏は涙で濡れた視界で捉《とら》えているしかなかった。開いた口からひっきりなしに溢れ出る悲鳴もやがて遠く感じられてくる。

何も考えられない——圧倒的な快楽だけが日夏の体を支配していた。

「ゥ……っく」

中に奔流を感じて、一尉が達したのを知る。

三種の血統の内でもライカンはずば抜けた『精力』を持つことで有名なのだが、その血の影響か、一度や二度の射精で一尉が萎《な》えることはない。続けてまた中を突かれながら、一尉が今度は指先で先端の輪郭をなぞりはじめる。

「あっ、やァ…ッ、アアっ」

「好きにイッていいんだよ。何度でもイカせてあげるから」

先端を責められるだけでは刺激が強すぎてイケないのを知っているくせに、一尉が楽しげにそんなことを囁《ささや》きながら指先の悪戯を加速させる。

「あァッ、やアァ…ッ」

「ここを擦《こす》ると君の中がきゅって締めつけてくるんだよ」

快感でいつもより口を開いた縦目をしつこいほどに指の腹で撫でられる。一尉の動きを助けるかのように、くぷぷ…と立て続けに先走りが溢れた。それをまた丹念に塗り込むように指先が動く。

「あああァッ」

「こんな恥ずかしいところで、君はそんなに感じちゃうんだよね」

裂け目の内側の粘膜にそろそろと優しく爪が立てられた。

「ひ…ッ、ぁア…っ」

痛みと紙一重の刺激に、いままでになく日夏の腰が震える。だがその辺は心得たもので、一尉の指先が与える苦痛はどこまでいっても快感の範疇を脱することはない。

「もっと、ココをくじって欲しい？」

「……ッ！」

反射的に首を振ると、一尉の藍色の瞳が暗く湿った欲情に濡れるのが見えた。

「ごめんね。今日は君が泣いて嫌がるコトしかしないよ」

「やっ、ひ…っ」

「この括れを弄られるのも、本当は大好きなのにいつも嫌がるよね」

すでに熟知されている弱い部分を一つ残らず責め立てる指技に、日夏は涙を散らすしかなかった。

こんなに体液が出るのかと思うほどに、白みを帯びた先走りが日夏自身と一尉の掌を濡らす。

「そろそろイキたい？」

問いかけに必死に頷《うなず》いてようやく一度目の射精を迎えた時も、一尉はその間中、日夏のモノを玩ぶのをやめなかった。執拗に爪で突つかれた粘膜を熱い精液が通り抜ける感覚は、倒錯的ですらあった。

日夏が腰を震わせるのと同時に、一尉も何度目かの逐情を日夏の中に放つ。

「……っ、……あ、ァ」

ピン、と足先までを伸ばして気の狂いそうな快楽を味わう日夏に、一尉が凶悪に両目を細める。

「そんなによかった？」

かくかくと顎先を揺らしながら最初の絶頂を貪《むさぼ》る日夏に、一尉は休む暇も与えなかった。

これがゴールではないことを思い知らせるように、イッたばかりで敏感になっているソコを一尉がまた掌で舐め回しはじめる。

「——…ッ、……ぁっ」

もう悲鳴すらまともに出なかった。いつ終わるとも知れない被虐的な快感に晒され続けて、日夏は前回よりも深い境地に追い込まれた末、意識を手放してしまったのだ。

（あ、れ……？）

ややして開いた視界にまず見えたのは、哀愁を帯びた藍色の眼差し——。次いで作り物のような白い肌に、暗い光沢を帯びた髪が汗ばんだまま散っているのが見えた。

薄い唇が左右にきゅっと引き結ばれる。

「ゴメン、歯止めが利かなかった…」

日夏の覚醒《かくせい》に気づいたところで、切れ長の双眸がさらに苦しげな色合いを増した。

いつも上品な笑みを絶やさない唇が、いま嚙み締めているのは後悔だろうか？　さきほどまでとは打って変わり、右目の涙ボクロもいまはどことなく憂いを含んで見えた。

「マ…ジ、ざけんな…」

艶やかな前髪に重たく痺《しび》れた指を伸ばすと、日夏は摘んだ一房をクンと下に引っ張った。

無体な仕打ちで啼き続けた声は、当然の結果としてひどく掠れている。明瞭な発声はしばらく望めないだろうと思いつつ、日夏はか細い声で一尉の名を呼んだ。

「これで、約束破ったのチャラだかんな…」

伏し目がちだった一尉の瞳が、ようやく光を得たように仄明《ほのあか》るさを取り戻す。

「体の方は、平気？」

「――んなの、つらいに決まってんじゃん…」

続いた愚問に吐き捨てるようにそう返すと、またも一尉の表情に翳《かげ》りが差し込んだ。

（ったく、エリート優等生も形無しだな…）

人形のように隙なく整った顔立ちが自分の言動一つでグラデーションするのを眺めながら、日夏は肺の底から無理やりに外へと溜め息を押し出した。

少し身じろいだ感触から、体の下にあるシーツが先ほどと変わらず寝乱れたままなのを知る。気を失っていたのはそう長い時間ではないのだろう。意識がはっきりしてくるごとに、下半身の一部が痺れたように耐え難い疼《うず》きを発しはじめる。体中に蔓延《はびこ》った粘ついた感触をシャワーで流したいと思うも、この有様ではしばらく立てもしないだろう。

まだ安定していない視界でサイドテーブルの時計を捉える。簡素なデジタル数字は日付が変わるには一時間以上の猶予があることを物語っていた。

（ヤバイ、まだ先がジンジンしてる…）

萎えてはいるもののまだ過度な熱を持ち続けているのか、仰向けになった脚の間が鼓動に合わせて拍動しているような錯覚を覚える。その感覚をやりすごすためにしばらく目を瞑《つむ》っていると、その間に一尉の気配がベッドサイドを離れていった。

「ん…」

また途切れかけていた意識を繋いだのは、熱く絞られたタオルをそっと宛がわれたからだ。

「腕、上げられる？」

一尉の指示どおりに重たい体を少しずつ動かしながら、肌に散っていた滴りや乾きかけの粘液を丁寧に拭《ぬぐ》われる。だが請《こ》われて少しだけ上体を浮かせた隙に、一尉によって何度も注がれた白濁が体内からくぷっと溢れ出てきた。

「あ…っ」

体に力が入らないせいか、それを押し留められずに次々とシーツに情交の名残を滴らせてしまう。その眩《くら》みそうな羞恥に、日夏は見る見るうちに目もとを赤く染めていった。

「み、見るなよ…ッ」

「でも見ないとキレイに出来ないよ」

聞き分けのない子供を窘《たしな》めるように、一尉の声音が優しく耳もとに吹き込まれる。カーペットに膝をついた一尉が、冷えた指先で熱く火照った目もとをそっと撫でた。

（こいつ、何回出しやがったんだよ…）

ひどい仕打ちで焦らされたせいで日夏が許された吐精はせいぜいが二回だったというのに、対する一尉は日夏に締めつけられながら何度、熱い白濁を奥に放ったことか。

昨夜を上回る激しさで抱かれた疲労は確実に日夏の体力を低下させていた。ただでさえスタミナには自信がないというのに、これでは明日まともに登校出来るかすら不安に思えてくる。

「あ、っん…」

「出せるなら少しでも外に出しておこう」

抱き起こされて枕に背を預けると、日夏は促されて渋々両脚を開いた。その間に顔を寄せた一尉がまだ熱く緩んでいる内部に指を差し入れる。淡々と事務的な手つきで中の白濁を掻き出されながら、日夏はいまにも羞恥で死ねそうな心地を味わわされた。対する一尉の表情はあくまでも静穏で、涼やかな眼差しはどこまでも落ちついた色をしている。

波紋一つない夜の湖面のように、深い藍《あお》さを湛《たた》えた瞳——。

(こんな目の男が、あんな外道だなんて誰が思うよ…っ)

日夏は恨みがましい思いで、一尉の怜悧な双眸を赤くなった目もとで力なく睨《にら》んだ。

「ああ、やっぱり指じゃきりがないな…」

一尉の呟きに日夏の頬がさらに赤みを増す。いったいどれだけ中に出したのかという話だ。

けっきょく日夏は一尉の助けを借りてシャワーを済ませることになった。中の始末はもちろん、やはりタオルで拭っただけでは、どうにも体中に散った情交の跡を落としきれなかったからだ。

一尉によって後孔《こうこう》も丹念に洗われたので、シーツを汚す心配ももうないだろう。

(つーか風呂場《ふろば》でまたイカされたし……マジ最悪)

弄られすぎて赤く充血したソコはそれでも快感には忠実で、中を掻き回される刺激に勃《た》ち上がったところを一尉の労わるような口淫《こういん》で優しく慰められたのだ。三度目の吐精を一尉の口で遂げたことも羞恥の極みではあるのだが、何よりも最悪なのは、焦らされることなくあっさりと許されたその絶頂に物足りなさを感じてしまった自分自身だ。

一ヵ月前とはもう体の造りから思考回路まで、何もかもが変わっているのかもしれない。

(俺のガードが緩んでるのだって、あいつの影響じゃん…)

半陰陽の体質や可憐な容姿、それから生意気な性格を屈服させたいと画策する者たちによって、日夏は幼い頃から何度もその身を狙《ねら》われ続けてきた。

魔族の貞操観念はとにかく薄い。ヒトと違い、お互いが発情期でない限り受胎しないという独特の体内システムも、そういった悪習に拍車をかけているのだろう。性別、年の差、そういった概念も魔族にとっては何の抑制にもならない。家柄やしきたりといったしがらみにはヒト以上に縛られる半面、己の欲求と快楽にだけはどこまでも忠実な種族なのだ。

成熟前の半陰陽には手を出すものという暗黙のルールでもあるかのように、日夏は神戸にいる頃から何度も悪辣《あくらつ》な男たちの餌食《えじき》にされそうになってきた。それは神戸の姉妹校にいる間も、いまの学院に移ってからも変わらなかった。『ヒトとのハーフは具合がいいらしい』という下らない尾ひれがついてからは、昼夜を問わず愚かな者たちが何度も日夏に挑んできた。

そのたびにそれを撥《は》ねつけてこれたのは、日夏がそれだけの「能力」を持っていたからだ。もし大した力を持っていなかったら、日夏はとうの昔にその純潔を無残に食い散らされていたことだろう。

だがそれでも油断をすれば、いつそんな目に遭うとも知れない——。そんな日々のくり返しに、日夏はいつしか自衛手段として鉄壁のガードを身につけていたのだ。

（おまえがそれを崩したんだろう？）

日夏に「安息」の二文字を教えたのは一尉だった。

成熟を迎え、伴侶《はんりょ》を決めた半陰陽には周囲も迂闊《うかつ》には手を出さない。校内を歩いていても、警戒網を張り巡らせる必要はもうないのだ。その安穏とした日々が「隙」を生んでいるのだろう。

『そういえば日夏、前より笑うようになったよね』

昼休みに隼人に言われたことを思い出す。それも変化の一つなんだろう。自分では意識していないけれど、そんなふうに作り変わってしまった部分がきっと他にもたくさんあるのだ。

（どの変化が良くて、どれが悪いんだかな…）

好ましいと言える部分とそうでない部分とがあまりに混在しすぎていて、自分でも混乱をきたしているのかもしれない。

「ったく、死ぬかと思った…」

「死ぬほどよかったの？」

「てめえは大人しく反省してろ」

パジャマを着込んだところで力尽きてしまった体をリビングのソファーに横たえながら、日夏は近づいてきた一尉に厳《いか》つく尖らせた視線を送った。

「ああ、反省はしてるけど」

「けど？」

不穏なところで言葉を切った一尉にキッと睨みを利かせる。そんな日夏の様子に目を細めながら、一尉はサクッと笑顔で釘を刺した。

「引き金を引いたのは君なんだからね。それを忘れないで」

「な…っ」

「それくらい君に惚れてるんだよ。そこはきちんと自覚してもらわないと困る」

「——…っ」

二の句の継げなくなった日夏の額に軽くキスを落とすと、一尉は軽々と華奢な痩身を抱え上げた。

激しい情事の後は腰が立たなくなる率が高いので、不本意ながらこんなふうに一尉に抱きかかえられて移動することが多いのだが、様々な抱え方がある中で毎回のように「姫抱き」をされるのは嫌がらせに近いのではないかと最近では思っている。

「あ、そうだ。おまえがいない間に洗濯しといた服、クローゼットに放り込んどいたけど見た?」

「見た。まさかカシミヤを洗濯機で回されるとは思わなかったよ」

「あれ、カシミヤ…?」

「君は放っとくと制服まで全部、洗濯機に放り入れそうだよね」

「まさかそんな、アハハッハ」

古閑の家にいた時にすでにブレザーを回して散々な目に遭っているのだが、これについては口にしない方が賢明だろう。一尉から洗濯機の使用禁止を命じられながら、日夏はちぇ…と傾けた首を見た目よりは頑健な肩口に預けた。

（空回りしてばっかだな、俺…）

誕生日の夜にこの家で初めての発情を迎えてからというもの、済《な》し崩し的にここでの同棲《どうせい》生活がスタートしたのだが、日夏の荷物の多くはまだ古閑と暮らしていた家の方に残されている。それでも大した不自由を感じることもなく、日夏の生活はいまやこの家で完全に成り立っていた。それはそれだけ一尉が、日夏に気を配ってくれているからだ。だからせめてものお返しというわけでもないが、古閑との生活ではそれぞれが勝手にこなしていた雑務を、一尉との生活では出来るだけ頑張ろうと思っているのだ。いまのところそのほとんどが裏目に出ているのだけれど――。

「洗濯はクリーニングを利用すればいいし、料理だって君が作る必要はないよ。掃除もハウスキーパーに頼んであるし、君が家事にわざわざ気を遣うことはないんだよ」

「でも…」

（それじゃ、一緒に暮らしてるって感じがあんまりしねーじゃん…）

少しでもそれを実感したくていろいろと手をつけてはみるのだが、一尉に負担をかけていては意味がないばかりか逆効果な現状に日夏は少なからずへこんでいた。どの失敗も、早々に追い出されたとしても文句のない例ばかりだ。一尉だってそろそろ内心、呆《あき》れているかもしれない。

「俺がいない方がさ、おまえの生活スムーズなんじゃねーの…？」

「どうして？　俺は君がいてくれるだけで充分なんだけどな」

「……おまえ、よく素面でそういうこと言えるよな」

「じゃあ、酔ってたら言ってもいいの？」

耳もとでクスリと笑われて、日夏はもう一度ちぇ…と呟くと一尉の首に片腕を回した。

婚約の遅れに焦りを感じてしまうのは、こういった不安の積み重ねもあるのかもしれない。

（——焦ったってしょうがない、か）

昼間得た解答をもう一度心中で唱えてから、日夏は腕に込めていた力を少しだけ抜いた。

「それよりも、少し軽くなった？」

「そう？　あ、今朝メシ抜いたせいだったりしてな」

「ああ…——しばらくはもう君と衝突したくないんだけど、そっちはどう？」

「んなの、したくないに決まってんだろー…」

日夏がリビングにいた間にシーツの交換されたベッドにそっと下ろされる。柔らかな間接照明に照らされたサイドテーブルではもうじき日付が変わろうとしていた。

「体つらかったら、明日の登校には車を呼ぶよ」

「んー…」

リビングの照明を消して戻ってきた一尉が日夏の隣に滑り込んでくる。ふんわりとしたタオルケットのパイル地が肌に触れるのを心地よく感じながら、日夏は静かに目を閉じて枕に頬を埋めた。

背後でぱらぱらとページをめくる音。寝る前のわずかな時間を一尉はいつも読書にあてる。

サイドテーブルの明かりに背を向けながら、日夏は「なあ…」と潜めた声を出した。

「うん、どうかした？」

昨夜の続きだろうハードカバーを開きながら、一尉が柔らかな返答を返す。その気配を背中越しに感じながら、日夏はしばし逡巡《しゅんじゅん》したのちにもう一度「あのさ…」と小さく呟いた。

「何で俺が朝、怒ったのか訊かねーの？」

「——訊いていいの？」

背後で本を置く気配がして、すぐ後ろで小さくスプリングが軋んだ。一尉の手がリモコンに伸びたのだろう、二段階ほど明度を落とされた照明が淡い影を白い壁に揺らめかせる。

「昨夜無理させすぎたから怒ったのかな、とも思ってたけど」

「それが正解なら明日の朝も大ゲンカだっつーの。そうじゃなくて……」

後ろから緩く肩を引かれて、上半身だけが仰向けの状態になる。枕を背にこちらを見ていた一尉と目が合って、途端にこれは無理だと思った。

「面と向かって言うのムリ…！　恥ずい…っ」

「じゃあ俺が背中を向けようか」

呼気に笑みを含ませながら、一尉が日夏に背を向けて横になる。それを横目で確認してから、もぞもぞとタオルケットの中で反転させた体を向き合わせると、日夏はシャツ越しにくっきりと浮かび上がった肩甲骨に指を添えた。指の腹のわずかな面積に一尉の体温が感じられる。

「俺は…さ、おまえと対等でいたいんだよ」

一尉が自分の言葉に耳を傾けているのを感じながら、続けて次の言葉を繋げていく。

「だから守ろうとか、そういう気遣いは求めてねーの」

自分の気持ちを表現してくれるに足る最善の言葉を選りながら、慣れないその過程の気恥ずかしさや面倒さをぐっと飲み込んで腹の底に押し込める。

「何でも、話して欲しいんだよ。俺も一緒に考えたり、悩んだりとかしたいんだ」

「――うん」

尖った肩に手を乗せると、上から一尉の掌が被せられた。

さっきよりも少し熱を持った掌が、ジンとした温かさを日夏の手の甲に沁《し》み込ませてくる。

「俺さ、おまえが初恋なんだと思う。全部おまえが初めてだから、時々ワケわかんなくなっちゃって混乱するんだけど……それでも、おまえを好きだと思う気持ちは変わんないからさ。おまえの隣にずっと立ってたいと思うんだよ。だから、俺はおまえの信頼が欲しいんだ」

（つーかどこの恋愛ドラマだよな、これ…）

内心で突っ込むことでどうにか羞恥を堪えようとするも、あまり功を奏していないのは自分でもよくわかっている。顔からいまにも火が出そうだった。無言の背中が何か言い出す前に日夏は慌てて軽い口調を装うと、言いたかった最後の言葉をつけ足した。

「婚約の件もいまは言えないってんなら俺、待つからさ。ただいつまで待てばいいのか、リミットだけでも教えといてもらえっと助かるかなー、なんて」

へへ…と照れ隠しに笑ったところで一尉の掌にきゅっと力が込められる。

「そっち向いていい？」

「っムリ！　恥ずかしくて死ぬ…ッ」

「俺もね、死にそうだよいま。君の本音がそんなふうに聞けるなんて――嬉しくて死にそう」

一尉の体が反転するなり、日夏の両肩を力強く抱き竦めてくる。

「う、わ…っ」

一瞬で腕の中に捕らわれてしまい、日夏は耳まで真っ赤になりながら一尉の肩口に急いで顔を埋めた。目なんか合ったらそれこそ、その瞬間に息が止まってしまいそうな気がしたから。

きつい拘束に囚われながら、日夏は周囲の空気がトロリと甘さを帯びるような錯覚を覚えた。

（うわ、ホント無理…！）

向き不向きがあるとしたら、間違いなく自分は恋愛に向いていないと思う。

気恥ずかしさと居た堪れなさでいまにも壊れてしまいそうなほどに、ダクダクと心臓が激動をくり返している。指先が震えているのを悟られたくなくて、日夏は一尉のシャツをきつく握り締めた。

でも同時に、こんなふうにこの腕を独り占めしていいのも自分だけだという強い思いが、胸の奥深くからじわじわと湧き上がってくる。

（あ、なんか……堪んないコレ）

衝動に突き動かされるように、日夏も一尉の脇に腕を回すと自分から体を密着させた。少しの隙間もないようにぎゅっと縋りつく。ワケもわからず、なぜか無性に泣きたい気分になった。

「君に言えないことがあるのは確かだよ」

まだ少し水分を含んだ日夏の髪に一尉の指が差し入れられる。地肌に時折触れる指先の冷たさすら愛《いと》しく思えて、日夏は小さく鼻を鳴らすとますます一尉の胸に額を押しつけた。まだ少し冷静さを保っている脳の一部が、オイオイ雰囲気に流されまくってるぞ自分…と苦言を呈するも、いまさら縋りつく腕を解く気にはなれなかった。

この腕の中にいたいと思うのも、紛れもない本心だから。

「君も少しは聞いてるかと思うけど……実家がね、少しゴタついてるんだ。でもこれは俺の家の問題だから、きちんと自分で片をつけてくるよ」

一尉がどこか苦しげに言葉を継ぐのを、日夏はじっと目を閉じて聞いた。

言葉でならいくらでも偽れるけれど、体でまで嘘をつくのは至難の業だ。耳もとに触れる吐息が、抱き締める腕の強さが、何よりも重ねた鼓動が、一尉の声にならない思いを伝えてくる。それを全身で受け止めながら、日夏は愛《いと》しさの募る体温に頰を寄せた。

「月末にはすべて終わらせてくるから——どうかそれまで見守っててくれないかな」

「俺じゃ力になんない…？」

「なるよ。君がこうしてそばにいてくれるだけで、充分力をもらってる」

「……詭弁っぽい」

照れ隠しにぼそりとそう呟くと、重ねた胸の内側で一尉が溜め息混じりに小さく笑った。

「君に信じてもらえなかったら、何もかも無意味になっちゃうよ」

髪をすいていた指がうなじを滑って耳の裏に潜まされる。耳朶《じだ》を摘まれて首を竦めると、日夏の赤毛に一尉の鼻先がそっと埋められた。笑みを含んだ吐息が赤く染まった耳もとに触れる。

「俺は君を手に入れるために戦ってるんだからさ」

「な…」

「だから君には待ってて欲しいんだ。全部終わったら、君に何もかも打ち明けるから」

腕の拘束が少し緩んで一尉との間に隙間が出来る。ふいにはじまった沈黙に躊躇《ためら》いつつ顔を上げると、こめかみに柔らかく唇を押しあてられた。

「その間、いい子で待っててくれる？」

「問題起こすなって話？」

「それもあるけど無闇《むやみ》に誰かに触らせないでね。そのたびに心臓が軋むんだよ、こっちは…」

（あ、マジでつらそうな顔した）

形のいい眉《まゆ》がわずかに歪むのと同時、薄い唇が弱ったように口角を下げる。喉《のど》の奥から絞り出されたような声音は本当に苦しげで、日夏はつい感心の声を上げてしまった。

「おまえ、ホントに俺に惚れてんだなぁ…」

「そのいまさらな感慨は何？」

一尉の唇が咎めるように軽く日夏の瞼《まぶた》を啄《ついば》む。そのくすぐったさに身じろぐと、今度は睫の生え際を舌先で辿られた。熱い感触が目尻《めじり》と頬を滑り、唇の際に寄せられる。

「キス、してもいい？」

吐息混じりの問いかけに、答えようと薄く開いた唇の隙間を強引に割られる。

「なっ、んン…ッ」

上げかけた抗議の声はきつく絡められた舌にすぐさま妨害されてしまった。逃れようとする腕も舌も周到に捕らえたうえで、一尉がキスに弱い日夏の唇を余すところなく暴いていく。

「う、ン…っ」

歯列の裏を辿られ仰《の》け反《ぞ》った顎を持ち上げられて、さらに深くへと一尉の侵入を許す。唇の端から零れる唾液《だえき》までを啜《すす》られながら、日夏はしばし一尉に与えられるキスに溺《おぼ》れた。

口の中が痺れてだんだんと感覚を失っていく——。

（もう、心臓が限界…）

このままじゃまた体の奥底に淫蕩《いんとう》な火をつけられそうで、日夏は必死に拘束を逃れると一尉の体を思いきり押し退《の》けた。

「こ、今夜はこれで終わりな…！」

「君は本当にすぐ赤くなるね」

「触んな…っ」

耳もとに伸びてきた手を素早く払いのけてから、慌てて一尉に背を向ける。

「こういう場合、背中を向けた方が無防備だと思うんだけど」

「触ったら絶交すっからな…！」

日夏の威嚇に楽しげな笑い声を上げると、一尉は「了解」と照明の明度をさらに落とした。

真っ暗になると眠れないという日夏の嘆願を受けてこれ以上寝室が暗くなることはないのだが、今日はそれが仇《あだ》になっているような気がしてならない。背中に痛いほどの視線を感じながら、日夏はいまだ早鐘を打っている鼓動をタオルケットの上からぎゅっと押さえた。

「とりあえず、しばらくは目立たないよう大人しくしとく…」

努めてぶっきらぼうに言い放った台詞に、「ありがとう」という穏やかな声が返ってくる。それからいつものように一尉が横たわるのを気配で感じながら、日夏はつめていた息をようやく吐き出した。

恋愛モードを保ち続けるには、いかんせん自分は経験値が足りなさすぎるのだ。

（こういうのもだんだん慣れてくのかな…）

二人並んで横になってからはたしてどれくらい経ったろうか。散々な酷使で体は疲れているはずなのに、眠気が降りてくる気配は依然なかった。

「日夏」

まるでこちらの覚醒を知っているかのように、ふいに一尉の声が背中にかけられる。

掠れた声で「何…?」と問うと、背後で身を起こす気配がした。上体だけを仰向けにして首を巡らせると、ベッドヘッドに背を預けた一尉がじっと宙空に目を向けているのが見える。日夏が見守る先で、ややして薄く開いた唇から色濃い憂慮を孕んだ吐息が零れた。

「一尉…?」

訝《いぶか》しげな日夏の声を感知するまでに数秒を要してから、一尉が先ほどよりもいくぶん重い嘆息を自《じ》嘲《ちょう》で歪めた唇から吐き出す。

「これはいずれ君の耳にも入ることだから、いま言っておくね」

「え……?」

「——鴻上《こうかみ》くんが君に会いにくるよ」

そうしてはじまった話は、日夏にとっては何もかもが衝撃的なものだった。

3

魔族の掟《おきて》に従い、半陰陽は幼い頃から家に「許婚《いいなずけ》」を定められているのが普通だった。

日夏にもかつてはそういう相手がいた。

そうと知った時には、もうすべての関係が破綻《はたん》した後だったけれど——。

六歳から十二歳までをすごした神戸での生活は、日夏にとって苦痛以外の何物でもなかった。祖母を筆頭に家の者たちは、日夏を厄介者として扱い続け、時に嘲り、時に罵り、そして時には存在すら無視することがあったのだ。それらすべてをいつか見返す日のための原動力に変えて、日夏は神戸での六年間をすごした。——とはいえ途中で挫《くじ》けそうになったことも何度もある。それでもやってこれたのは、身近に彼の存在があったからだ。

(祐一《ゆういち》がいたから、あの家で俺は俺でいられたのかもしれない…)

記憶の中に思い返す笑顔は、いまでも変わらず鮮明で、けして柔らかさを失うことがない。

鴻上祐一——一つ年上のこの少年は、日夏の中で常に特別なスタンスにいた。

神戸の家に引き取られてから間もなくして本家の離れに移り住んできた少年は、あの家の中では唯一に近く日夏に笑って声をかけてくれる人物だった。孫へつらくあたる当主への体面を気にしてか、日夏と親しくなろうとする者がいない中、祐一だけは日夏に普通に接してくれたのだ。

なぜ彼だけが自分のことを構ってくれるのか。そのすべてがある作為に端を発していたとは思いもせずに、日夏は次第に祐一にだけは打ち解けた表情を見せるようになっていった。

祐一が自分のすべて、いつしかそう言い換えられるほどに。

そんな日々が音を立てて崩れたのは、初等科を卒業した春のことだった。祖母が持つ金沢の別荘に、日夏は祐一との二人旅行を許されていたのだ。——事件が起きたのはその二日目の晩だった。

ベッドにいた自分に伸ばされた祐一の手は、欲情ですっかり熱く火照っていた。信頼していた祐一に体を暴かれる恐怖で混乱している日夏に、祐一は自分が『許婚』であること、そしてそれらすべてが『椎名《しいな》』と『鴻上』の間で仕組まれた構図であったことを淡々と暴露した。

こちらの混乱をよそに強いられる恐ろしい行為に、日夏は気づいたら能力を行使していた。

自分の体液に感染させた者を言葉のままに操る能力、それが日夏の力『感染《インフェクション》』だ。

死んでしまえ——そうくり返した言葉のとおりに、日夏は危うく祐一の命を奪うところだった。

結果的にこの一件で何もかもが崩れ、日夏は神戸を追われることになったのだが、はたしてなぜあのタイミングで祐一が日夏にすべてを明かしてしまったのか、その答えはいまもってわからない。

祐一との面会は両家から禁じられてすでに久しいので、今後訊《たず》ねることも叶《かな》わないだろう。ただ聞くところによれば『椎名』は『鴻上』との盟約を解消し、日夏を使って違う名家との縁を固めようと裏で画策をはじめていたらしい。それが祐一の執着を暴走させる発端になったのだろうというのが、ゴシップ愛好家たちの間で囁かれている有力な説なのだという。

(あんなやつらの言い分、信じる気になんねーけど…)

物見高い魔族連中にとってこの醜聞は格好の餌《えさ》になったらしく、東京に移ってからも日夏はしばらくの間、好奇の視線と身勝手な詮索《せんさく》の的にされ続けた。だがその間に吹き込まれたどんな言葉も、日夏にとってはただの野次馬の戯言《たわごと》にすぎなかった。

(祐一…)

あんなことがあったにもかかわらず脳裏に思い出す笑顔がいまも柔らかなのは、祐一が最後になって自分に向けてくれた眼差しが、これまでの六年間と何ら変わらず温かかったからだ。

『僕のことは忘れていいから』

気を失う寸前、そう言いながら向けられた眼差しはいつもの祐一の穏やかさを取り戻していた。

あの家で日夏が不当な目に遭わされるのはしょっちゅうだったけれど、そのたびに庇《かば》い、慰めてくれたあの眼差しと同じ色がそこにはあった。

『ごめんね…』

震える指が泣き濡れる日夏の頬に伸ばされる。

指先が触れた刹那、聡《さと》さに満ちた瞳の奥に浮かんだのは深い悔恨の念だった。

いままで自分に傾けてくれた好意や愛情がすべて作為だったとは思わない。六年もかけて築いた絆《きずな》のすべてがまやかしだったとは思わない。いや、どうしても思えなかった。

(——出来ればそれを確かめたい)

そう思い続けてもう三年が経つ。だから一尉の言葉は日夏の胸に衝撃をもたらすものだった。

「祐一が俺に会いにくる…?」

「そう。——順序立てて説明しようか」

三ヵ月前『鴻上』家の当主が急逝したこと。いまは父親の跡を継いで一人息子だった祐一が当主として立っていること。さらに『鴻上』『椎名』両家の間に、以前のような交流が復活したこと。

それらはすべて、日夏には初耳なことばかりだった。

「そんなのぜんぜん知らな…」

「うん。本家の計らいで君の耳には入れないようになってたんだろうね。現当主が立って一ヵ月のうちに、鴻上家は長らくの断絶をこの機に解除したいとの意向を示したらしいよ。体面上は君一人が鴻上家の面子《メンツ》を潰したことになっているからね、向こうからそういった申し出がある分には椎名家に断る理由はないそうだよ。椎名本家の総意は固まっていると鴻上に通達がいったのがその半月後——君の知らないところで断絶はもう撤回されていたんだ」

「じゃあ、会おうと思えばいつでも祐一に会えたってこと…?」

その問いかけには答えず、一尉は睫を伏せると「そうだな…」と独白めいた呟きを間に挟んだ。寝たままの日夏の額に手を添えてから、それを覗《のぞ》き込むようにしてチョコレート色の前髪をさらりと傾ける。

「彼のその後についての詳細も君は知らないよね。君に負わされた深手が原因で生死を彷徨《さまよ》ったおかげか、目覚めた時、彼は二つめの能力を手にしていたそうだよ」

「二つめ…？」

「そう滅多にある話じゃないからね。これについては現在、緘口令《かんこうれい》が敷かれているんだ。その能力の制御法を学ぶために、彼は近い内にグロリアにやってくるんだよ」

寝耳に水な話の連続に、日夏はただ瞳を見開くことしか出来なかった。対照的に一尉の瞳は、話が進むにつれ少しずつ藍色の面積を狭めていく。

「いつからこっちくんの…？」

「週明けを予定しているよ」

「って、もうすぐじゃねーかよ」

「君のこともあるからね、グロリアでの受け入れに関する雑務は俺が担当することになってるんだ。君がもし会いたくないと思うのなら、顔を合わせないよう取り計らうことも出来る」

「そんなの…っ」

「彼自身は君に合わせる顔がない、と思っているみたいだね。だから君が拒むのであればそう取り計らって欲しいという申し出も、彼から受けたものなんだ」

「それって祐一は俺に会いたくないってこと…？」

「——会えるものなら会って謝りたいって言ってたよ。だから君次第なんだ」

薄暗闇《うすくらやみ》の中で一尉が静かな呼吸を紡ぐのを眺めながら、日夏はしばらくの間、呆然《ぼうぜん》と言葉を失った。

展開が急すぎてなかなか理解が追いつかないけれど。

（祐一に会える、ってことだよな――…？）

会えるものなら会いたいと、どれだけ思っていたことか。

いままで周囲の者たちが、日夏の前で不用意に祐一の名前を出さないよう気をつけていたことも知っている。だが日夏自身はいまも、祐一に対して恨みの念は抱いていない。むしろ悔恨を抱いているのはこちらの方だった。

命にかかわるほどの重傷を負わせたことはもちろん、祐一の体と心に負担を強いていただろう日々の葛藤《かっとう》に自分は気づきもせず、安穏とその優しさに甘えて生きていたのだから。

会いたいと思っても向こうに拒まれるだろう、そんな諦めすら抱いていたというのに。

「俺は、会いたい…」

気づいたらそう口が動いていた。

日夏を見つめていた一尉の双眸が、眩《まぶ》しいものを見るかのように薄く細められる。一瞬の間を置いてから、色の薄い唇に微かな笑みが浮かべられた。

「うん。君ならそう言うんじゃないかと思ってたよ」

「つーか、何でもっと早く…っ」

「これは俺の弱さだね――。君が俺より彼を取るんじゃないかって不安が拭えなかったんだよ」

伏せられた視線が困惑と哀愁とを帯びながらサイドテーブルの縁に据えられる。一尉には不釣合いなほどのその弱気な仕種に、日夏はしばし目を瞠《みは》ってからそっと身を起こした。なるべく静かな声音を心がけて、吐息に声を載せる。

「おまえ、さっきの俺の話、聞いてなかったのかよ」

「聞いてたよ。だから君にこの話を切り出せたんじゃないか」

「だったらそんな顔見せんなよ。おまえの信用が薄いんじゃねーかって誤解すんぞ？」

俯《うつむ》き加減な表情を覗くように首を傾げると、引き結ばれていた唇がようやく少しだけ緩んだ。

「——それは、困るな」

「だろ？」

一尉を取り巻いていたオーラが少しずつ解れていくのを感じながら、日夏は無言で一尉の肩に両腕を回した。「ごめんね」と抑えたトーンが耳もとに落ちてくる。

（ったく、手間のかかるやつ…）

何をやらせてもほぼ完璧《かんぺき》にこなせる器用さと要領のよさを身につけているくせに、どうも日夏に関してだけは一尉も周りが見えなくなる傾向にある。そんな面すらうっかり愛しいような気がする時点で、自分もだいぶ絆《ほだ》されているのだろう。

（俺は、おまえを選んだんだからな？）

わざわざそこまで言葉にするつもりはないけれど、少しでもその思いが伝わるように。

「今度、俺のこと侮ったら承知しねーかんな」

日夏は一尉の頬に軽いキスを送った。

自分からは滅多にそういった行動に出ない日夏の所業に丸くした目を、一尉が「わかった」と鮮やかな微笑で覆ってみせる。その変遷を見ながら古閑の言葉もまんざら嘘でもないのかなと思ったのはその時だ。一尉の見せる「不安」は、それだけ自分が思われている証拠にも成り得るだろうから。

自分と他人との思いが完全に釣り合うことなんて、恐らく一生ないのだろう。天秤《てんびん》が釣り合ったと思った瞬間にはもうどちらかに傾いでいるに違いない。終わりのないシーソーゲームだ。

好き度、大事度、愛してる度、いまのところどれも負けている気はないのだけれど、勝ち負けはこの際問題じゃないのだろう。どちらが上でも下でもなくて、大事なのはこの一点――。

(相手がおまえじゃなきゃこんなゲーム、とっくの昔に降りてるっつーの)

もしも一尉に出会わなければ、自分はまだ祐一への思いが「恋」だと思い違っていたかもしれない。好意と恋情が違うことすら少し前の自分は知らなかったのだ。まさか存在の何もかもが欲しいだなんて、そんな途方もない思いがあるなんて想像だにしていなかった。だから。

「ちょうどいい機会なのかもな…」

わざと口に出してみると、それは存外正しい選択肢に思えた。

週明けにきちんとした再会の場を設ける、と一尉は請け合ってくれた。祐一に会うことで、日夏の中で時折疼いていたすべてにピリオドを打てる予感はある。

(でも……)

そう反問する胸中に返せる答えが見つからないまま、日夏は朝のHR前の廊下を歩いていた。

けっきょく二晩連続で無体を強いられた体は翌日からまるで使い物にならず、その後二日も学校を休むはめになった。おかげで今日が今週三度目の登校だった。

教室の前に執務室に向かう、という一尉とは先ほど昇降口で別れたばかりだ。HRには遅刻しないようにと念を押されていたにもかかわらず、クラスへと向けられていた日夏の足取りは次第に重くなり、やがて途中で完全に立ち止まってしまった。

本鈴を控えて足早に教室へと向かう人影がいくつも日夏の俯き加減なシルエットを追い越していく。昇降口からクラス棟へと続く渡り廊下が無人になったところでチャイムが鳴った。

日夏は押し黙ったまま、五月の陽気で温《ぬる》んだ窓ガラスに指を添えた。

（でも、これが本当に正しい選択なのかな…）

一尉から話を聞いた直後は昂揚《こうよう》に近かった気分が、二日経ったいまは名づけようのない焦燥となって足もとから少しずつせり上がってくるようだった。スラックスの内側を這《は》い、下腹部にわだかまったそれらがもたらす緊張感に日夏は小さく息を吐き出した。

あの日を蒸し返すことで傷つくのは、自分じゃなくて祐一の方だ。

生真面目な幼馴染《おさななじ》みのことだ、きっと必要以上にあの日の事態を悔いていることだろう。三年の歳月を経てようやく落ちついただろうその傷口に、顔を合わせることでまた塩をすり込むことにはならないだろうか。これまでずっと会いたいと思い続けてきた自分の気持ちだって、自己満足の域を出た感情だとは言いきれない。たとえ謝って自分の気を済ませたいだけだとしても許されるだろうか？

悶々《もんもん》としたうねりが体の内側で捻《ね》じれていくのを感じながら、日夏はふと意識の半分を昇降口からこの渡り廊下へと至る背後の廊下に集中させた。

ヒトの血が半分入っているからか、日夏には能力の他にもう一つ特殊な技能があった。それはどんなに巧妙に隠されていても、魔族の気配を感知出来ること。

（あいつにしては早い登校だな）

足音を忍ばせて近づいてくる気配を待ちながら、ひそかに左手の人差し指の腹を舐める。五メートル、三メートル、もう少しで接触というその間際まで堪えてから、日夏はふっとその場に身を沈めた。

「おはよう日夏——って、あれ？」

両手が空を切ったのが意外だったのか、そんな間抜けな声を上げた隼人の傍らに素早く回り込むと宙に浮いていた手首を左手でつかむ。唾液で感染させた体が自分の支配下に置かれたのを確認すると、日夏は狭めた瞼の隙間から隼人の長身を見やった。

「朝っぱらからくだんねーことしてんじゃねーよ。グラウンド十周させんぞ？」

「何だ、せっかく抱き締めようと思ったのに。すっかり警戒モードに戻っちゃったね」

日夏に手首を取られたまま、隼人が器用に右肩だけを竦めてみせる。

「こないだの内にもっと抱きついておけばよかったな」

「……おまえな」

「ヴァンパイアが試したくなったらいつでも声かけてね。ライカンと違って俺らは『持久力』勝負だから、その気になれば一日中可愛がってあげられるよ。比喩《ひゆ》でなく二十四時間ずっとね」

「……いい加減黙れよ、マジで十周させんぞ」

「シャイだなあ、日夏は」

(そーいう問題じゃねーよッ)

隼人とは使っている辞書や常識の物差しがあまりに違いすぎるのだ。古閑も八重樫も魔族の中ではかなり名を売っている遊び人だが、隼人の場合はその比じゃない。「来る者拒まず去る者追わず」の、『来る者』の人数が半端じゃないのだ。しかも「節操」という文字を知らないがために、隼人はそのほぼすべてにあの笑顔で腕を開いてしまうのだ。そのうえ滴る色気と誘惑のフェロモンを全身に纏《まと》いながらも、隼人自身はそのすべてに無自覚なのだ。

どうしてこんなやつと友達やってるんだろう……と思うこともままあるが、隼人の性格自体はけして悪くない。ただこのうえなく性質が悪いというだけで。

(ま、タイミング的にはよかったかもな…)

ついさっきまで抱えていたシリアスな焦燥が、隼人の登場でうやむやになった気分だ。

一限開始のチャイムが鳴るのを聞いて、日夏はクラス棟へと続く廊下に背を向けた。コーヒーでも奢るという隼人の背中について、本校舎のラウンジへと向かう。

飲食系の購買は三時限目の休み時間にならないと開かないので、それまで生徒たちが利用するのはもっぱらこのラウンジだった。昇降口を入って左手にいくと先ほどまでいたクラス棟への渡り廊下に繋がり、右手に入るとウィッチの専科棟へと至る通路が延びている。その通路の途中にある中庭部分にせり出すようにして、壁一面がガラス張りになったラウンジが設けられているのだ。中央にソファーが五列ほど並び、手前の壁には飲料の自動販売機がいくつか設置されている。

「はい。紙コップで悪いけど」

カップの内側、七分目ほどまでを満たしたアイスカフェオレを隼人から受け取りながら、日夏は一番手前の列に腰を下ろした。隼人がその向かい側のソファーで優雅に脚を組む。

定例会議の翌日とあって、風紀の取り締まりが強化されている最中《さなか》にこんな目立つところでサボっている輩《やから》は他にいなかった。一尉には波風立てぬよう言い含められていたけれど、巡回の風紀がきたとしても隼人の能力があればことなきを得られるのでその心配は無用だ。

「んー、ねみィ…」

早々に紙コップを空にすると、日夏は安心しきった態《てい》でソファーにだらりと体を伸ばした。ヒートでもないのに二晩連続であんな激しい情事に溺れてしまったせいで、体力がまだ充分に回復しきれていないのだ。この腰の重だるさは今日中にはきっと抜けないだろう。

ラウンジにしばし置時計の秒針の音が響く。そのメトロノームのような短調さに日夏の意識は少しずつ睡魔に誘われかけているのだが——、しかしうたた寝をするには少々ベッドに難がある。病院の待合室にあるような薄緑色の簡素なソファーは、弾力に乏しいせいで横になると骨にあたって少し痛むのだ。それを嫌って身じろぎをくり返していると、察したらしい隼人がにっこりと甘い笑顔で余計な提案を持ちかけてきた。

「膝枕《ひざまくら》してあげようか」

「……遠慮します」

「何で？」

「んなの恥ずいからに決まってんだろ」

「そうかな」

「――他の男に無闇に触らせないって約束も、したし…」

尻窄《しりすぼ》みになった日夏の呟きを拾うと、隼人は感心したように「なるほどなー」と顎先を軽く上下させた。五月の陽光を受けながら、黒く濡れたような髪がわずかな青みを帯びてさらりと揺れる。少し伏せた睫の先にも濃い青の影を纏わりつかせながら、隼人が小さな呟きを零した。

「恋愛してるんだね、日夏は」

「ああ？」

「羨《うらや》ましいよ、すごくね」

痛む背骨を押さえながら身を起こした日夏に、隼人がどこか遠い眼差しを注いでくる。

こと恋愛に関して、隼人の口からそんな台詞を聞かされる日がくるとは夢にも思わなかったので、日夏は思わず返す言葉につまった。

「いや、つーか…おまえのがよっぽど奔放に恋愛してんじゃねーかよ」

知り合った当時から、日夏は隼人がそのテの相手を切らしたところを見たことがない。だが日夏の切り返しに、隼人は困ったように眉頭《まゆがしら》の距離を狭めるだけだった。

「うーん、でも俺がしてるのは恋愛じゃなくてセックスだからね。端的なこと言っちゃうとヤレれば誰でもいいってのに近いかな。相手にあんまりこだわりないんだ」

「な、んだそれ…」

予想外にひどい返答に、今度は日夏の眉間にシワが寄った。

「セックスは気持ちいいから好きだよ。でもそれだけなんだ。ヤッてる間は相手のこと好きかどうかなんて関係ない。気持ちいいかどうかだけ。たまにちょっと虚《むな》しくなるよね」

「おまえサイテイ」

「うん。だからさ、そうやって誰か一人ときちんと恋愛してる日夏が羨ましいよ」

（あー、そういう意味ね…）

隼人の言葉の真意を悟って、日夏は頭痛の走りかけたこめかみにそっと指をあてた。

こいつと話しているとたまにこう、地面に前のめりたい気分になるのだが本人は至って真面目らしいので、そこがまた頭痛の種になるのだ。

「んじゃ、おまえも誰かとちゃんとした恋愛すりゃいーじゃねーかよ」

「そう思うんだけどね。そもそも恋愛ってのが俺にはよくわからないんだよね。誰か一人としかシたくないなんて、それってどんな気持ち？」

「――ディスカッション終了」

（ダメだ、こいつ……根本がわかってねーじゃねえか）

恐らくは一生わかり合えないだろう隼人との会話に終止符を打つと、日夏は飲み終えて床に転がしておいた紙コップを座ったまま器用に爪先《つまさき》で蹴り上げた。手中にしたそれを掌で握り潰す。

「俺もいつか恋に落ちる日がくるのかなぁ」

「さあね。神にでも祈っといたら？」

狙いを定めたゴミ箱に、紙コップがきれいな放物線を描いて吸い込まれていった。ともにその行方を追っていたらしい隼人から「ナイッシュー」と合いの手が入る。

「それはともかく、ヴァンパイアの夜の顔が知りたくなったらいつでも誘ってね」

「あーはいはい」

隼人と話が嚙み合わないのはいつものことなので、会話後の疲労感や脱力感もすでにお馴染みのものではあるのだが、今日はやけに重量級な疲労をもたらされた気がする…。ただでさえ体力が落ちているというのに、いまの数分で気力までごっそりと削られた気分だった。

――だからその気配に気づかなかったのは隼人のせいだ、と出来れば責任転嫁してしまいたい。

「浮気の約束ですか？　最低ですね、一尉先輩という人がありながら」

急に割り込んできた聞き覚えのない声と気配に振り向くと、自販機の横に見たことのない顔が立っていた。微妙に違う制服のデザインから中等科の生徒であることが知れる。

(誰だ、こいつ?)

こちらの眇めた視線を真っ向から受け止めながら、日夏よりは少し低いだろう背格好の人物がツイと生意気げに顎先を反らす。さきほどの台詞といい、その挑発的な態度に日夏は眉を顰《ひそ》めた。

売られたケンカはすべからく買うのが日夏の主義だ。

「誰だよ、おまえ?」

「まさかこんなところでサボってるなんて、思いもしませんでしたよ。まったく、一尉先輩の心遣いを無にする気ですか? つくづく最低ですね」

「うるっせーな。俺とあいつの間に口出しする権利があんのかよ、おまえに」

「ありますよ。一尉先輩の汚点に成り得る可能性があることを、あなたはもっと自覚するべきです」

「ああ?」

バチバチッと視線の火花が派手に散る。だが隼人にはそれが見えなかったのだろう。

「日夏の友達? なら俺、席外そうか」

「……おまえね」

どこをどう見ると、この小生意気な小僧と自分がオトモダチに見えるというのか。

「じゃあまた昼休みにね」

「って、オイ!」

あっさり立ち上がったブレザーの裾《すそ》を慌てて引っつかむと、それを見ていた少年がさらに憎ったらしい一言を投げつけてきた。まだ幼さの残る顔立ちとは裏腹な毒が笑顔で振り撒《ま》かれる。

「一人じゃ何にも出来ないんですか？　とんだ弱虫ですね」

（て、めー……）

ブチッと音を立てて切れたのは、恐らくはなけなしの自制心だったろう。

校内でみだりに能力を使うのは、むろん校則で禁じられている。だがそれは露見した場合の話だ。要はバレなければいいのだ。

「――隼人、いっていいからおまえの『幻視《イリュージョン》』でこの辺りに結界張っといてくんない？」

日夏の潜めた要請に応《こた》えて、隼人がパチンと指先を鳴らす。途端にラウンジの一角が、膜のような物で覆われた感覚に陥る。それを察したのだろう、少年が鼻白んだように今度は顕《あきら》かな嘲笑《ちょうしょう》を浮かべた。つくづく気に食わないクソガキだ。

「呆れた、風紀相手にケンカ売る気ですか？　本当にどこまでも性根が腐ってますね」

続いて発せられた少年の言葉に、日夏の眦《まなじり》がヒクリと揺れる。

（風紀かよ、このガキ…）

校内では揉めごとを起こさないこと、特に風紀には逆らわないこと――。

先日の定例会議での交換条件上、向こう二週間でもいいからそれだけは守って欲しいと一尉には言われていたのだが、どうやら早々に破ることになってしまいそうだった。だが相手が風紀だろうが、関係ない。勝って口を封じればいいだけの話だ。

「混ぜっ返すんじゃねーよ。ケンカ売ってきたのはそっちの方だろ？　ったく、風紀にてめーみたいな根性悪がいるとは知らなかったな」

「……あなたなんかに存在を覚えられたくありませんよ」

少年の表情に苦々しさと嫌悪が入り混じる。

（ああ、なるほどな）

さきほどからの言動といい、放たれる殺伐としたオーラといい、この少年は一尉のシンパといったところなのだろう。あのエリート優等生の信奉者であれば自分に敵愾心《てきがいしん》を向けてくるのにも納得がいった。輝かしい経歴や背景を背負う一尉に対して、自分では分不相応だと言いたいのだ。

実際その点は周囲にもだいぶ揶揄された。日夏の祖母からして「海老《えび》で鯛《たい》を釣った」と公言して憚《はばか》らない有様なのだ。かたやエリート優等生、かたや落ち零れ問題児——。

この婚約の裏には何かあるんじゃないかと探りを入れてくる輩も多かったが、ここまであからさまに絡んでくるのもめずらしいパターンだと言えた。

「おまえいったいどういう…」

「隼人先輩、お騒がせしてすみませんでした」

日夏の言葉を遮るようにして、少年が傍らにいた隼人に向けて礼儀正しく背を折り曲げてみせる。

「先輩はどうぞこのままお引き取りください。用があるのはこちらの人だけですので」

「わかった。じゃあ日夏、お昼にテラスでね」

それを受けて、隼人が甘く蕩かせた笑みを日夏に向けて綻ばせた。

（まあね、俺もおまえに空気読んでもらおーなんて、いまさら思っちゃいねーよ…）

この状況に対しても一切の疑問はないらしく、広げた掌をこちらに向けると隼人は「お先に」と優雅な足取りでソファーの列を抜けラウンジを出ていった。

廊下との境で一度ブレたその輪郭が次の瞬間にはパッと視界から消え失《う》せる。

こちらから廊下の人影が不可視になるのと等しく、向こう側からもこちらの姿は見えなくなるのだ。隼人の張っていった結界は、術をかけた本人がいなくなっても一時間は保つ。一限が終わるまでにカタをつけようと、日夏はつかつかと少年のもとへと歩み寄った。

「さっさと終わらせようぜ。で、おまえの目的は何なわけ」

近寄りながらじっと相手の挙動に目を凝らす。

「あなたをある場所へと連行することです。大人しくきていただければ話は早いんですけどね」

「イヤだと言ったら？」

「その時は力ずくでも従っていただきます」

少し赤茶けた柔らかな巻き毛と緑柱石《ベリル》のような色の瞳は、少年がウィッチの眷属であることを物語っていた。尖った鼻先に猫のような目。うっすらと浮いたそばかすが童顔にはよくマッチしている。

高等科とは異なるパイピングの施された襟もとには、学年とクラスとを表す記章が留められていた。

現在二学年ということは昨年一年間は中等科で被っていた計算になるが、もともと他人に興味がないため、よくよくその顔立ちを眺めたところで覚えがあるわけもなく。

「力ずくとはまた物騒だな」

「そちらこそ。俺の前で能力を発動する気ですか？　一尉先輩の苦労が水の泡になりますよ。まあ、俺は構いませんけどね。あなたが問題を起こして愛想を尽かされたとしても」

「問題にはならねーよ。おまえには口を噤んでもらうからな」

「あなたの能力の発動条件くらい知ってますよ。そんな隙をみせると思いますか？」

口角を歪めてせせら笑うと、少年はさりげない仕種でブレザーの襟もとを正した。

風紀といえば家柄に加えて能力のグレードも問われるので、そのどちらも程度は高いのだろう。あどけなさの残る顔立ちの印象を裏切るように、不遜《ふそん》げな雰囲気が全身から滲み出ているのもその辺りに由来するのかもしれない。

学年記章の横に並んでいるデコラティブなアルファベットは「R」を示していた。

グロリアにおいて家柄の次に物を言うのが、この能力別階級制度だ。チェスの駒《こま》になぞらえられたその階級グレードは、秀でている順に「K〈キング〉」、またはQ〈クィーン〉」「R〈ルーク〉」「B〈ビショップ〉」「N〈ナイト〉」「P〈ポーン〉」とランクづけられている。

日夏の胸もとを飾る文字は、ずいぶん前から「B」で止まっていた。グレードだけで言うなら、ビショップの日夏よりもルークの少年の方がより強力な能力を持っていることになる。

だが勝負の結果はグレードだけに左右されるものではない。

「キスが発動条件だなんて――あなたの育ちに似合って下品な能力ですよね」

「好きに言ってろよ」

一メートルほどの距離を開けて立ち止まると、日夏は眇めた片目で少年の瞳を見つめた。

魔族は能力を発動するとわずかに目の色が明るくなるのだ。いまのところその兆候は見られない。

(――先手必勝)

それが日夏の戦術のすべてだと言ってもよかった。

だがこのシンプルな戦法で、日夏はかなりの戦績を誇っているのだ。たいがいの相手は少年も言っていたとおり、キスだけを警戒してくる。普段からそう見えるように振る舞ってもいるのだが、日夏の能力発動条件が「体液感染」であることを知る者は少ない。相手が能力を発動する前に感染さえ済ませてしまえば、後はこっちのものだ。どうとでもなる。

少年に視線を据えたまま、日夏はひそかに左手の人差し指の爪を親指の腹に食い込ませた。ジクッとした痛みが走って指先が少量の血でぬめるのを確認する。

ちょうどいいタイミングで自販機の一台がウィーン…と小さく稼働音を上げはじめた。

その音に少年がほんのわずか、意識を逸らした瞬間。

「――…ッ」

日夏は少年の懐に飛び込むと素早くつかんだ手首を口もとに持っていった。フェイクで唇をあてるのと同時、濡れた親指を手首の内側に軽くなすりつける。

すぐに振り解いた少年が慌てて一歩後退するも、時すでに遅し。形勢はすでにこちら側へと傾いている。数秒とかからずに少年の身体の自由はこちらの手の上に乗る——はずだった。

（は？　エラー？）

感染させたはずの体内からの呼応がない。いくら感覚を研ぎ澄ましてみても、少年の体から返ってくるはずの反応が感じられないのだ。こんなことは滅多にあることではない。

日夏は咄嗟《とっさ》に少年から二歩退き、距離を取った。

「俺にあなたの能力は効きませんよ」

訝しむ日夏の視線の先で、少年は不快げに眉を顰めるとハンカチで手首を拭った。

「……どういうことだ？」

「じきにわかりますよ。あなたが浅はかであればすぐにでもね」

そう告げる少年の表情は、揺るぎない余裕と自信とで満ち溢れていた。

目の色については終始注意を払っていたので、向こうが何かの能力を発動した、というわけではないのだろう。出会う前から能力を発動していたとしても、瞳の奥がうっすらと発光するようなあの気配を自分なら捉えられるはずだ。見据える少年の目はいまだ暗い沈黙を保っている。

先手必勝で日夏の能力が効かなかった相手などほとんどいない。その内の一人が一尉なのだが、目の前の少年が同じ能力を持っているとはとても思えなかった。たとえこの少年が一尉と同じ能力が使えたとしても、目の色が変わらないはずはない。

（めんどくせーのにあたったな、オイ…）

形勢は圧倒的にこちらの方が不利だった。ケンカを吹っかけられた憤りよりも、いまでは厄介事に首を突っ込んだ面倒さの方が上回っている。こういった場合、取るべき手段は一つしかない。

（三十六計逃げるに如《し》かず、ってね）

のちのリベンジを心中で誓いながら、日夏は素早く反転させた体で結界の膜を一気に通り抜けた。

だがその直後に、行く手である前方から少年の声が投げかけられた。

「本当に浅はかですね」

気づけば自販機の前にいたはずの少年が目の前に立っている。続いて背後からも追いかけてきた同じ声が、ステレオ放送でダメ押しするようにまたくり返した。

「驚くほどの浅はかぶりですね」

まったく同じ顔をした少年が、前後で呆れたように腕を広げながら立っている。双子か？　と思った直後に今度は三人目の少年が廊下の角から姿を現した。見比べる限り全員が同じ顔をしているのだが、その三人目の瞳を見てようやく事態の真相を悟る。

「あなたの行動はお見通しです。やはり尻尾《しっぽ》を巻いて逃げるんですね」

最後に現れた少年が、心底呆れたように眼差しに侮蔑《ぶべつ》の色を織り交ぜた。

「おまえ、『分身《シャドウ》』能力者か？」

「一目瞭然《いちもくりょうぜん》なことをわざわざ訊かないでいただけますか」

またも小憎らしいことを言ってから、三人がそれぞれに肩を竦め、額に手をあて、深い溜め息をついては「やれやれ…」とわざとらしく独りごちる。

(風紀も厄介なやつを子飼いにしてるもんだ…)

そういう能力があること自体は知識として知っていたが、身近に該当者がいなかったため実際に目にするのはこれが初めてだ。分身させた影の一つ一つを自在に動かせるようになるには、かなりの訓練が必要なのだと聞く。本体以外の二体を同時にこれだけ操れる時点で、ルークの評価には充分なのだろうと納得はいくが、この事態に屈するかといえば話はまた別だ。

鏡から抜け出てきたかのように三人に見た目の違いはない——ただ、一点を除いて。

結界内にいた少年にいくら仕掛けたところで効かなかったはずだと、いまなら理解できる。その予測を裏づけるように、最後に現れた少年だけが目に見えて日夏との距離を取っていた。そしてその少年だけが瞳の色をわずかに変えているのだ。

(あの本体を落とせれば、ゲームオーバーってことか)

だが見えてきた突破口に向けて日夏が動き出した瞬間にはもう、すべての決着がついていた。

「残念ですけど俺のルークは、限りなくキングに近いルークなんですよ」

「う、げ…」

行く手を遮るように結界から伸びてきたいくつもの腕が全部少年のものだと知って、さすがの日夏もその場に足を止めざるを得なかった。影も二体ならどうにか避《よ》けられる自信はあったが、こうもうじゃうじゃと現れられてはきりがない。ざっと見たところで二桁《ふたけた》はいる。

「二体しか操れません、なんて一言も言ってませんよ」

その場にいた少年全員に口を揃えられて、日夏は最悪の気分がさらに二乗されるのを感じた。

四方から伸びてくる手に捕らわれる屈辱に耐えながら。

「あーも、好きにしやがれ…ッ」

日夏は自棄《やけ》の大声をラウンジに響かせた。


（つーか、一尉が呼んでんなら最初っからそう言えっつーの…）

どうやらこの少年は一尉の命を受けて動いていたらしい。そもそもこんなガキに言伝《ことづて》を頼むくらいなら、携帯にメールを送った方がよほど話も早かったろうに…。どこか釈然としない物を感じつつ、日夏は風紀の執務室までの同行を余儀なくされた。

「あなたみたいな性悪を選ぶなんて、一尉先輩の気の迷いに違いないんです」

「自分があの人の隣に似合うだなんて、まさかそんなこと思ってやしませんよね？」

「あの人は生粋のエリートなんです。あなたとは格が違いすぎます」

（あー、ハイハイハイ…）

前から後ろから、右から左から。代わる代わる口を開く少年に四方を囲まれながら、日夏は重い足取りで本校舎内の階段を上っていた。途中からはいちいち返答するのが面倒になって放置プレイに入っているのだが、そもそも少年はこちらの反応など最初から気にもしていないようだ。

「だいたいあなたみたいな雑種が、先輩に釣り合うわけないいんですよ」

「……つーか、おまえな」

ハイブリッドという単語を聞き咎めて、日夏はつい数分の沈黙を破り口を挟んでしまった。

「その点はあいつも同じじゃねーかよ」

「あなたなんかと同列にしないでください。一尉先輩はライカンの中でも最大派閥を誇る『佐倉《さくら》』の血筋と、関東《かんとう》を統べるウィッチ『吉嶺』の正統な血脈が流れているんですよ」

「名門と名門の間に生まれた、ナチュラルボーンエリートなハイブリッドなんです」

「もはや普通のサラブレッドとも格が違うんですよ」

そんなこともわからないいんですか？　と異口同音、四人に言われて日夏は「へーへー」と上履きの底を引《ひ》き摺《ず》りながら、さきほどまでの黙秘態勢に戻ることにした。

「あなたも『椎名』の血を引くとはいえ、もう半分がヒトの血ですからね」

「その名字が何よりもあなたの生まれを物語っていますよ」

（はいはい、そのテの台詞も聞き飽きたっつーの）

止むことのない少年の講釈を聞きながら、日夏は湧き上がりそうになる欠伸《あくび》を嚙み殺しつつ、階段を上った。少年から聞かされるどんな言葉も、自分にとってはいまさらな事柄ばかりだ。

ウィッチでは最大派閥を誇る名家『椎名』の血を半分受け継いでいるとはいえ、もう半分は卑しくさもしい人間の血《ネイキッド》――それを理由に日夏はいまも、ヒトである父親の姓を名乗らされている。

七歳で神戸の聖プレシャス学院に入ってからは周囲の者たちによくその違いを論《あげつら》われたが、日夏からしたら『椎名』を名乗らされなかったことこそが救いにも思えていた。

(そんな首輪つけられて堪るかよ)

どこかで生きているだろう父親の姓を名乗るたびに、日夏は身勝手な本家に対しての闘志を新たにすることが出来たのだ。だがこの名前ですごせる日々も、そう長くは残されていない。

一尉との婚約で日夏の姓はいずれ『椎名』に変わってしまうからだ。

日夏の知らない間に、一尉は祖母の希望どおり『椎名』に婿養子として入ることを承諾していたのだ。祖母は入籍と同時に日夏の姓も『椎名』に変えることをあたりまえのように指示してきた。それを知った当時はかなり揉めたが、一尉としてはこの期にどちらの姓をも捨ててしまいたい強い意志が根底にあったらしい。一尉曰《いわ》く、自分は望まれて生まれた子供じゃないので、最終的にはどちらの家も選びたくないのが本音なのだという。

『それはおまえの都合だろ…っ』

話し合いの中でつい感情的になり、そう吐き捨てた日夏に一尉は淡々とこう返した。

『うん、これは俺のワガママだよ。でも君も自分の血筋と向き合う、いい機会なんじゃないかな』

『そういうおまえは自分の血を拒むくせに？』

『俺にはその道しか残されていなかったからね——でも、君は違うだろう？』

『何が違うんだよ』

『君には君を愛してくれた人の血が流れているんだよ。それをもっと大切にしないとね』

そう言われてしまうと日夏にはもう返せる言葉がなかった。

両親に関する記憶は曖昧《あいまい》ではあるけれど、愛されていた実感だけは心のどこかに残っているのだ。

母親からもらった血筋も、この能力も、あんな体質もどれもいらないと思い続けてきたけれど、そうでなければいまの自分がここにいないことも頭ではよくわかっている。俯いた日夏の顎をすくい、揺れていた視線を拾うと、一尉はこれまで見た中で一番穏やかな表情を浮かべてみせた。

『俺の夢を叶えてはくれないかな』

『夢？』

『いつか両家の名前を捨て去ることが、俺の一番の望みだったんだよ。もちろん君がどうしてもイヤだって言うんなら、俺が森咲になっても構わないんだけどね』

『……んなの、ババアや親戚連中に何て言う気だよ』

『その時はそれこそ、駆け落ちするしかないよね』

それはそれで楽しそうな気がするけど、と笑う一尉に最終的には日夏が折れた。

自分はまだしも一尉の立場でそんな暴挙に出たら、せっかく築き上げたエリートコースが無駄になってしまう。一尉がそんな肩書にもう価値を見出していないのだとしても、その積み重ねを無にするのに比べれば名字など瑣末《さまつ》な問題に思えたからだ。

そうして、日夏は『森咲』の姓を捨てる覚悟を決めた。

（まあ、椎名日夏ってのも悪かないよな）

気持ちさえ固めてしまえば、いまではあっさりとそう思えるのだから心理とは不思議なものだ。

「――だいたい魔族がヒトの姓を名乗るだなんて、いい恥晒《さら》しですよ」

つい数週間前の記憶を辿っていた間も、延々と少年の講釈は続いていたらしい。試みにその論旨に小石を投じてみようかと、日夏は今度はわざと口を挟んでみた。

「ちなみに俺もじき『椎名』姓になるけど？」

途端に矢継ぎ早な非難を四方八方から浴びせられて、日夏は即座に失言を悔いた。

「あの人を支配下に置きたいという、椎名本家の魂胆には辟易《へきえき》しますよっ」

「だいたいそれに流されるあなたもあなたです！」

「あの人は『椎名』でも『吉嶺』でもなく、本来は『佐倉』姓を名乗るべきなんですよ！」

やけに意気込んだ断定に、少年の肩が荒く揺れる。

（佐倉…？）

日夏はその台詞に少しだけ違和感を感じていた。確かに一尉は『吉嶺』と『佐倉』の間に生まれた子供だが、『吉嶺』を姓として名乗るようになった頃から佐倉の家とはずいぶん疎遠になっているのだと聞いている。その証拠に、先月の顔見せの際も佐倉家側はまるで関与していなかった。だから日夏もいまのいままで、佐倉の存在についてはほとんど意識していなかったほどだ。はたしてどこをどうすれば、一尉が『佐倉』を名乗るような話になるというのか。

だが疑問をぶつける間もないほどに、少年の口撃はその後しばらくの間止まなかった。

「あなたが椎名家に泥を塗るのは勝手ですよ？　でもそこに一尉先輩を巻き込まないでください」

「あの人にはもっとふさわしい人がいるんです」

「先輩の幸せを思うなら、あなたは潔く身を引くべきです」

少年の主張としてはとにかく、日夏が一尉の婚約者になろうとしている事実が気に食わないらしい。四人がそれぞれに延々と喋《しゃべ》り続けるので、日夏はやがて何もかもがどうでもいいような心地になってきてしまった。些細《ささい》な疑問も違和感も、苛立ちすらも胸のポケットに押し込めて、ひたすら右から左へと話を聞き流すことに終始する。

（あーあー、挑発なんてやめときゃよかったな…）

かしましい壁に囲まれながらようやくのことで執務室の前に辿りついた時には、日夏はかなりのヒットポイントを削られた思いだった。登校早々にして、早退してしまいたいくらいだ。

「だいたいそんなに結婚したいのなら、以前の鞘《さや》に戻ればいいんですよ」

「サヤ？」

「あなたが『鴻上』になればいいって話ですよ。それぞれがあるべき場所に戻ればすべては丸く収まるんです。そうすれば姉さんだって幸せになれるのに…」

「姉さん？　つーか、おまえの入れ込みようって、ちょっと異常なんじゃ…」

「あなたにおまえ呼ばわりされる筋合いはありません！」

四重奏《カルテット》だった最後の台詞が終わったところで、後続の集団を率いていた本体が初めて後ろを振り返った。その瞳の中に薄暗い明かりを灯《とも》しながら、持ち上げた右手で執務室の扉をノックする。

硬い音が響いてすぐに、中から「どうぞ」というメゾソプラノが聞こえた。

「失礼します。森咲先輩をお連れしました」

凶悪犯さながらに四人に取り囲まれて執務室の扉を潜ると、窓際のデスクに座っていた女生徒が呆れた眼差しを少年の本体へと差し向ける。

「菱沼《ひしぬま》、あんた何考えてんの」

「曜子《ようこ》先輩には関係ありませんよ」

投げかけられた視線の鋭さにも屈さず、菱沼と呼ばれた少年は後ろ手に扉を閉ざすと、ツイとまた顎先を反らしてみせた。菱沼は日夏だけに限らず、興味のない相手にはこういった姿勢で臨んでいるのだろう。得てしてキャリア候補生には視野の狭い信者がつきやすいものだ。

（一尉もとんだのに好かれてんなぁ…）

完全に他人事《ひとごと》なスタンスで扉口に佇《たたず》んでいると、菱沼に向けられていた曜子の矛先が急にこちらへと的を変えてきた。

「あんたもあんたよ。こんなガキに容易《たやす》く捕まってんじゃないわよ」

「は？　なんで俺が怒られんだよ」

「あたしは、波風立って仕事が捗《はかど》らないのが一番嫌いなの！」

かなりの剣幕で言い切られて、日夏はとりあえず口を噤むことにした。

隼人の双子の姉――各務曜子の神経質さと潔癖さは弟と足して二で割ったところでちょうどよくなるのだろう、と思えるほどに過剰なのだ。

白い肌と血で描いたような紅《あか》い唇、黒目がちな瞳はいつも濡れたような艶を帯びており、ナーバスな性格を表すようにぽってりとした唇は常に不機嫌げに結ばれているのがデフォルトだった。腰まであるストレートの黒髪がさらにそのストイックさを際立たせる。

清廉潔白、品行方正、浮いた噂などいままで一つも流したことがない、という風紀の鑑《かがみ》のような曜子とはこれまでにも問題児として何度かやり合っているので衝突は日常茶飯事なのだが、この場面であたられるのはさすがに理不尽な思いが拭えない。

(好きで捕まったわけじゃねーし、ただで転ぶ気はねーんだよ)

ラウンジでは手痛い失敗を喫したが、まだ菱沼との勝負を下りたわけじゃない。隙あらば報復してやろうとさっきからその機会を窺ってはいるのだ。大人しく連行されたのも半分は一尉の名前を聞いたからだが、もう半分はこのクソ生意気なガキの弱みについて有益な情報を得るためだった。

だが先ほどからの不穏げなやり取りを見る限り、日夏の心中とはまた別に、目の前でも『曜子VS

菱沼』というあからさまな対立図が展開しているようだ。

「まずはその木偶《でく》の坊《ぼう》たちを引っ込めて。まさかクイーンのあたしに逆らわないわよね？」

言い放った曜子に反抗的な視線を向けながらも、菱沼が瞳の色を揺るがせる。と同時に四対の影がいっぺんに姿を消した。続いて神経質そうに眇められた曜子の視線が、執務室の奥にある応接室の扉をチラリと撫でる。その様子から向こうに来客があるらしいことを知るも、日夏にとってはだからどうしたという気分だ。とりあえずケンカするんなら自分抜きでやってもらいたい。

「つーか俺、一尉に呼ばれてんじゃねーの？　客に茶くらい出せよな」

扉口に立っていたところで意味もないので、日夏は壁際に置いてあった猫足のソファーに勝手に腰かけるとぐるりと室内の様子を見回した。いつ見てもやたらと金のかかってそうな内装だ。

分厚い絨毯《じゅうたん》にたっぷりとしたベルベットのかかった窓際、曜子が座っているデスクや椅子《いす》にしても一目見てアンティークだとわかるような代物だ。執務室やサロンといった階級上位者が使う部屋は、置いてある調度品からして無闇に高級そうなのが特徴なのだが、日夏はそれを目にするたびにカースト制度をまざまざと見せつけられているような気がして気分が悪くなってくる。だいたい風紀や教師に呼び立てられて訪れる場合がほとんどなので、この部屋に碌な思い出はないのだ。

できれば長居はしたくない。自分に用事があるんならさっさと終わらせて帰りたい、のだが。

「誰が客よ。だいたいあんたが一尉くんに呼ばれた部屋はここじゃないわ。別の部屋よ」

「は？」

さっきから話の歯車が盛大に食い違っているような気がしてならない。この部屋に入った時からにわかに続いている歯切れの悪い感慨が、次第に胸の内で勢力を増していく。

「菱沼。あたしはあんたの魂胆に加担する気はないの。さっさとこのバカを連れて出ていって」

「僕は一尉先輩に言われて、森咲先輩をお連れしただけですよ。部屋が違う？　ああ、僕だってたまにはケアレスミスをするんです。それくらい取るに足らないことだと思うんですけどね」

「そんな理由が彼に通用すると思うの」

「一尉先輩は僕が姉思いなのをよくご存知ですから」

（つーか、なに揉めてんのこの人たち……？）

日夏も場の空気に聡い方ではないのだが、それにしても風紀二人のやり取りはさっきからまるで意味がわからない。そもそも自分はここにいていいのか、悪いのか。二択の答えを質そうとしたところで、タイミングよくガチャリと応接室のドアノブが回った。

（え――…？）

扉の正面にいた日夏にまず見えたのは、艶のないセピア色のスラックスだった。ついで鳶色《とびいろ》のブレザーとその袖口に施された金糸のパイピングが目に入る。タイやブレザーの色が違うだけで、基本的な制服デザインはグロリアもプレシャスも変わらない。

「日夏…？」

自分たちとは色違いの制服に身を包んだ祐一が、扉口で静かに目を瞠るのを見つめながら。

「えーと、久しぶり…」

実に三年ぶりだというのに日夏は間抜けな挨拶を送るはめになった。驚いて立ち止まった祐一の背後で、一尉が溜め息をつきながら斜め下へと視線を落とす。

（いちゃまずかったんだろうなぁ、コレ……）

一尉の背後に物憂げなオーラが漂いはじめるのを眺めながら、日夏は二択の解答をいまさらながらに思い知らされた。

4

今年一番目のインパクトが一尉との出会いだったとしたら、二番目の衝撃は間違いなくこの思いがけないタイミングでの再会だったろう。

（何だろうな、これ…）

しかもその三十分後には向かい合ってラウンジでコーヒーを飲んでいたりするのだから、人生いつどこで何が起きるか、そしてどう転ぶかわかったものではない。

「グロリアの制服、日夏にとても似合ってるよ」

「え、あ、そう？　祐一のプレシャスのも似合ってると思うけど…」

「ありがとう。日夏にそう言ってもらえると嬉しいね」

（——って、何かすっげー変な感じ…）

先ほど隼人が座っていた位置で紙コップを傾ける祐一を眺めながら、日夏は今日二杯目のカフェオレをこくんと一口飲み下した。先ほどよりも鈍く感じられる味覚が、嚥下《えんか》から数秒経ってようやくミルクの風味を捉える。

時間の経過とともに移動している午前の日溜《ひだ》まりは相変わらずの長閑《のどか》さで、これがあの日以来の再会だとはとても思えないほどに和やかな雰囲気を辺りに演出していた。ぼんやりと見つめたままだった視線に気づいた祐一が、中性的な面立ちを柔和な笑みで覆ってみせる。

「今日会えるとは思ってなかったから――ビックリしたよ」

「俺も……ビックリっつーか…」

呆気《あっけ》に取られている、というのが日夏の場合は正しい現状に思えた。執務室での再会から十分もしない内に、日夏は祐一と二人きりになってしまったのだから。

聞けば今日は下見のために、朝からグロリアを訪れていたのだという。おもな説明や打ち合わせを今日の内に済ませておけば、週明けには落ちついた環境で再会を執り成すことが出来るだろう、というのが一尉の算段だったらしい。祐一もそのように聞かされていたのだという。

『菱沼くん、どういうことか説明してもらえるかな』

祐一に続いて応接室から出てきた一尉の小声に、駆け寄った菱沼がさっきまでとは打って変わって真摯《しんし》な面持ちで経緯を説明しはじめる。扉口で立ち尽くしていた来賓にはそつなく曜子が対応に入りさりげなく窓際へと誘ったので、その小声のやり取りは祐一には恐らく聞き取れなかっただろう。だが、日夏の位置からは会話のすべてが丸聞こえだった。

「君には伝言のみを頼んだんだけどな。それに指定した部屋はここじゃないよね」

「仰《おっしゃ》るとおり、最初はそのつもりで僕もクラスにお伺いしたんですが、お姿が見受けられなかったので校内中を捜索したところ、授業中にもかかわらず森咲先輩はラウンジにいらっしゃいました。そのうえ伝言をお伝えしようとしたところ、聞く耳を持ってくださらなかったので仕方なくこちらまでお連れした次第です。部屋については勘違いしてしまったようで……申し訳ありません」

しれっとした顔で答える少年に、日夏は苦い声で背後から補足事項をつけ足した。

「力ずくで連れてきたくせに」

「いえ、森咲先輩の方から能力を笠《かさ》に着た挑発があったので、こちらもやむなく応戦したまでです」

「……おまえも可愛い後輩、飼ってやがんじゃねーか」

胡乱な眼差しを向けた先で、一尉が軽く肩を竦めてみせる。そうだね、と答える口もとには何とも言えない微苦笑が浮かべられていた。

「菱沼くんの姉弟愛には本当に頭が下がるよ」

「先輩、それは…」

「君の気持ちもわかるし、心遣いはありがたいんだけどね、俺は君の尊敬に足るような人物ではないんだよ。いままでも、これからもね」

一尉の意味深な台詞を受けて、菱沼がきつく唇を嚙み締める。それきり一尉も菱沼も口を開こうとはしなかったので、執務室と応接室の境にはしばらくの間、重い沈黙が横たわることになった。

(何、この微妙な雰囲気。ここは俺ノータッチでいいよな…?)

窓辺で展開されている他愛《たわい》ない世間話だけが花開く中、そこで「第二の事件」が勃発《ぼっぱつ》した。

——事件と言っても、グロリアでは日常茶飯事に近いことでもあるのだが、ウィッチの専科棟方面から聞こえた爆発音にいち早く反応した菱沼がまず執務室を出ていった。続いて曜子もその後を追う。

その反応から察するに、一限であの棟を使用しているクラスはないのだろう。無人の専科棟に忍び込んで悪戯半分に薬物の精製を試みるウィッチは少なくない。そういったルール違反を取り締まるのも風紀委員の管轄とされているのだ。成績上位者で組まれている風紀の面々は、校欠扱いで授業中も校内のパトロールに持ち回りの少人数チームであたる。執務室にいたところを見るといまの当番はこの面々なのだろう。

一尉の携帯が鳴ったのがその数分後、菱沼からの報告を受けていたらしい一尉が携帯を閉じるなり、眉間にうっすらとシワを寄せるのを日夏は見逃さなかった。歩み寄ってそっと声を潜める。

「何だって？」

「思ったよりも大事らしくてね、俺も現場に向かうよ。——どうしてこう、トラブルが続くのかな」

その視線がさりげなく窓際のソファーに流れてから、手にしていた携帯に空虚な様子で焦点を結ぶ。日夏はともかく、来賓を置いてこの部屋を後にしなければならない事態を憂えているのだろう。風紀が出払ってしまう以上、祐一を一人でこの部屋に置いておくわけにはいかないはずだ。

（もしくは、俺と二人きりにするのを躊躇ってるとか？）

だったらこれはいい機会だ。日夏は目線の高さまで持ち上げた指先で、チョチョイと一尉の視線を引いた。軽く前傾して寄ってきた耳もとに「こないだの話、覚えてるだろ」と囁きで吹き込む。

「俺のこと侮るなって話。俺にもホスト役くらいは務まるぜ？」

日夏の言葉を受けて、一尉が伏せた視線を足もとに据えるのを日夏は無言で見守った。

返ってくる答えがイエスでもノーでも、日夏はその決定に従う気でいた。一尉があくまでも祐一と二人きりにするのが忍びないというのであれば、自分の主張をゴリ押しする気はない。でも自分に対する信頼が微かでも生まれているというのであれば、返ってくる答えも変わってくるはずだ。

軽く息をついてから、一尉が伏せていた視線をすっと持ち上げる。

「じゃあ、校内の案内をお願いしようかな」

一尉からそんな台詞を引き出せたことに、日夏は心中だけでガッツポーズを決めた。

自然緩みそうになる頰を両手で押さえながら、「任しとけよっ」と心もち声を弾ませる。一尉の表情にはまだ若干の躊躇いが見えたけれど、でもそれを押してまで自分に任を預けてくれたことが、日夏には何より嬉しかった。

「風紀の命で動いていることにすれば、君のHRと一限の不在もカバー出来るから」

現場に急行するという一尉とはその言葉を最後に執務室で別れたのだが、その後すぐにこの事態を詫《わ》びるメールが携帯の方に届けられた。

『せっかくの再会を台無しにしてしまってゴメン…』

几帳面《きちょうめん》な一尉にしては簡潔すぎるその一文が、内心の焦燥を如実に物語っている気がした。

（ま、どっちかってーと助かったかもだしな…）

正直なところを言えば、改まって顔を合わせるよりはこれくらいドサクサに紛れていた方が日夏としてもありがたかった。おかげで祐一ともいまのところ普通に会話が出来てしまっている。

「プレシャスでもああいう爆発はよく起こるよ。そういう環境はあまり変わらないんだね」

「そりゃね。魔族の性質が変わんねー限り、改善はないんじゃねーの？」

日夏の言葉を受けて、祐一が緩やかな笑みを綻ばせる。そこだけを取ると、まるで三年前と何も変わっていないかのような錯覚にうっかりすれば陥りそうになる。

祐一の容貌は、昔の面影をそのまま受け継いで青年期へと移行していた。

落ちつきのあるボルドーの髪色とは対照的に薄い発色の唇は常にたおやかな笑みを浮かべており、アーモンド形の瞳の奥底には深い萌黄色《もえぎいろ》が秘められている。清潔感のある中性的な面立ちは身長が伸びることでいくぶん男らしさを増していたが、纏っている穏やかな雰囲気は相変わらずだった。柔らかい物腰や、こちらの反応を真摯に受け止めてくれる姿勢も以前のまま。

「日夏もずいぶん背が伸びたんだね」

「……それでも祐一には十センチ近く及ばねーけどな」

「僕もこの一年で急に伸びたんだよ。日夏だって成長期なんだから、これからまだ変わるよ」

優しく宥められて、ふいにこそばゆい心地に包まれる。

容貌や言動が変わらないからだろうか、祐一と対面して一番に日夏の胸に湧き上がってきたのは悔恨でも歓喜でもなく、ただひたすらに懐かしいという思いだけだった。

『とりあえず、この校舎から回ってく？』

執務室を出てからの日夏の第一声に、祐一は「そうだね」と眦と唇とを緩やかに弛《たゆ》ませてみせた。

その表情があまりに昔と変わらなかったので、感覚だけが三年前にタイムスリップしたかのような錯覚がいまも続いているのだ。

手はじめに本校舎を上から回り、各教科の研究室、事務室、理事長室や教員室などを順に案内したところでちょうど一階のラウンジに出た。小休止を入れようと提案したのは日夏の方だった。隼人の張った結界は人避けにもなる。見ればまだ効力を発していたので、休み時間をやりすごすにはここが一番最適だと思えたのだ。置時計の文字盤はじきに一限が終わることを告げていた。

グロリアはエスカレーター制のせいで人員の入れ替えが皆無に等しい。日夏のような姉妹校からの編入すらめずらしがられるほどなので、プレシャスの制服を着た祐一が好奇の的にされるのは確実だろう。湯気の立つカフェオレを片手に揺らしながら、日夏は「ソレ」と祐一の制服を指差した。

「来週もその格好なわけ？」

「うん。そんなに長くいる予定じゃないからね」

「でも必修授業はクラスで受けたりすんだろ？　すげー浮くし半端なく見られれっと思うけど」

「僕はあまり気にしないよ。日夏のクラスに配属されるらしいし」

「え？　でも祐一の学年って…」

日夏の反問にわずかだけ目の色を曇らせると、祐一は睫の影を淡く目もとに落とした。

「――これは聞いてなかったんだね。療養に一年かかったから、いまは日夏と同じ学年なんだよ」

（あ……）

地雷を踏んだと思った瞬間に、思いがけないボリュームでチャイムが鳴る。ビクンと肩が揺れた拍子に、カップの表面を指先が滑っていた。

「あ、ちっ」

声を上げるほどに熱かった液体が日夏の指を濡らし、右足の太腿《ふともも》に無様なシミをじわじわと広げていく。紙コップが床に転がる音を聞きながら、日夏は赤くなった指先を反射的にもう片方の手で覆った。自分の体温が触れただけでも、変色した部分に灼《や》けるような痛みが走る。

「……ッ」

「手、貸して」

すぐに立ち上がった祐一が日夏の足もとに膝をついた。言われるまま差し出した右手に祐一の掌が翳《かざ》される。患部にひんやりとした感触を受けながら、日夏はいままでになく強い懐旧に囚われていた。

些細な怪我《けが》や風邪で体調を崩すたびに、こうして祐一の能力に癒《いや》されていたことを思い出す。

「次は足にいくね」

指先の治癒を終えた手が続いてスラックスに載せられた。濡れた布地の感触に一気に冷気が浸透していくのを感じながら、その手もとにじっと目を凝らす。

俯いたまま黙り込んだ日夏を気遣うように、祐一が「あのね」と小さく呟きを漏らした。

「いま、本当はすごく緊張してるんだよ」

「え…？」

「正確に言えば、日夏に会えるかもしれないってわかった日からずっとなんだけどね。どんなふうに何から話せばいいのかなとか、何日も考えてた。まさか今日会えるなんて思ってなかったから――さっきは一瞬、頭が真っ白になったよ。だから日夏が普通に接してくれて、すごく嬉しかったんだ」

「祐一…」

スラックスに載せられていた手が続いて足首に移動する。それを見て初めて、日夏は足もとにまで火傷《やけど》が及んでいたことを知った。

「――僕がしたことは謝って許されるようなものじゃないから、会わない方がいいのかもしれないってずっと思ってたよ。両家の断絶もあったしね。でも、もし許されるんなら一度でいいから君に会いたいって、会って直接謝りたいってそう思ってた。父が亡くなって君に会える可能性を手にしてからは、日増しにその思いが強くなっていったよ。でもそんな資格が本当にあるんだろうか？　考え出すとないような気がしてしょうがないんだ」

足首に感じていた冷気が不意にやむ。治癒を終えても、祐一は立ち上がろうとはしなかった。

「君に会うことで僕は背負った罪を軽くしたいだけなのかもしれない。君に謝って荷物を下ろしたいだけなのかもしれないって、そんなことを考えてた矢先にグロリア行きの話をもらってね。これを最後の機会にしようって思ったんだよ。もし君が僕との再会を望まないのなら、このまま君の人生からフェイドアウトしようって、そう心に決めてきたんだ」

廊下の辺りがにわかに騒がしくなり、姿は見えないけれど教室から溢れてきた生徒たちがラウンジに流れてきている気配がそこかしこから感じられる。だが顔を上げた祐一と目が合った途端に、すべての音と気配が消し飛んだ気がした。

「会ってくれてありがとう。僕のことは一生許さなくていいから」

穏やかな瞳の裏にいまも刻まれているのは——深く重い悔恨の色だった。いまだに癒えぬ傷を胸に負いながら、あれからの年月をすごしていたのかと思うと日夏は堪えきれない気持ちになった。

(ずっとそんな気持ち、抱えたまま生きてたのかよ…)

ソファーから落とした両膝を床につく。座り込んだままの祐一の肩に両腕を回すと、日夏はブレザーの肩口にそっと顎を乗せた。

「俺こそゴメン…。あの家で祐一が苦しんでるの、ぜんぜん気づいてやれなかった。しかも俺、おまえのこと殺しかけたんだぜ…?　謝るのも、憎まれるのもこっちの方だ」

それは違う、と否定しかけた祐一の言葉を制するように、ぎゅっと両腕に力をこめる。

「謝りたいって思うことすら自己満足の域なんじゃねーかとか、俺も似たようなこといっぱい考えてたよ。祐一につらい思いさせるだけなんじゃねーかって…。でもやっぱり会ってよかったって、いますごく思う。神戸での六年が無駄じゃなかったって——初めて思えた」

日夏の中でずっとわだかまっていた何かが、少しずつ解れて消えていくようだった。

(信じててよかった…)

祐一との間に築いた絆が幻ではなかったと知れて、ジン…と目頭が熱くなる。

この三年の間、自分が思い続けていたように祐一も自分のことを案じ続けていてくれたのだ。祐一に会えなかったらきっとこの思いは、胸の片隅で一生凍り続けていただろう。抱き締めた体温が凍《い》てついていた気持ちをすべて溶かしてくれるような気がした。

「俺、祐一のことすげー好きだったよ」

運命の歯車がもし違う仕組みで動いていたら――いままで何度も思い返した想像だ。何事もなくあの日を超えて十六歳の誕生日を迎えていたら、自分の隣にいたのは祐一だったかもしれない。現実にはそうならなかったけれど、日夏にとって祐一がいまも特別な存在なのは変わらない。

「僕は――…日夏のことが好きすぎたんだね」

促されて腕を解くと、目もとに憂いを孕んだ祐一が俯き加減に笑っていた。

二限開始のチャイムが鳴ったのと同時に、ちょうど効力を失った結界がヴン…と晴れる。ソファーに並んで腰かけると、祐一はぽつぽつとあの頃の状況を静かに語りはじめた。

古豪の血筋と謳われながらも、変わる時勢に呑み込まれて『鴻上』の懐事情は緩やかに下降の一途を辿っていたのだという。その打開策の一つとして、鴻上は椎名との縁結びに一人息子を用いたのだと。椎名としても栄華を誇った鴻上のネームバリューは魅力があったのだろう。日夏が神戸の家に連れてこられた数日後にはもう、両家の間で盟約が結ばれていたらしい。だが祐一自身に許婚の事実が知らされたのは、椎名家にきて一年ほどしてからだったという。

「その頃にはもう日夏が可愛くて仕方なくなってたからね、すごく嬉しかったのを覚えてる」

「でも家の道具扱いだぜ？　憤りとか感じなかったのかよ」

「鴻上の財政が厳しいのは知っていたからね。自分が役に立てるんなら構わないと思っていたよ」

「……俺なんかすげーガキに見えたろ」

一つしか違わない祐一が実家のことを案じていた頃、自分は誰彼構わず噛みついてはケンカや騒動を日々くり返していたのだ。

「ううん。何度転ばされてもめげずに立ち上がる君の強さは憧《あこが》れでもあったんだよ。僕は根が臆病《おくびょう》だったからね、家や権力に逆らおうなんて一度も考えたことなかった。あの日までは――」

日夏の能力は本家の予想に反しめきめきと評価を上げ、初等科を卒業する頃には能力でもわりと名の知れた存在になっていた。それを見て欲を出したのだろう。椎名は鴻上ではなく、もっとランクの高い名家と縁を結ぶべく水面下での画策をはじめていたのだという。その計画を祐一が偶然盗み聞いてしまったのが春休みに入ってすぐ、それは金沢《かなざわ》への旅程の数日前だった。

「子供が思いつめると碌なことにならない証明だね。日夏を誰にも取られたくなくて焦ったんだ。せめて体だけでもなんて……それがどんなに愚かなことか、考えもせずにね」

結果、鴻上家は大事な一人息子を失いかけ、椎名との間には断絶という遺恨が刻まれた。椎名も裏で秘密裡《ひみつり》に動いていた引け目があったのだろう。日夏一人が「破談」の責任を負わされるカタチで神戸から飛ばされ、すべては終わったことにされたのだという。

「君は何も悪くないのに、僕の罪を負わせてしまって……ゴメンね」

「でも——、俺はおかげで神戸出られたからさ」

祐一のいない家にあのままなおも縛りつけられていたら、墨汁で塗り潰されたかのような未来しか自分には用意されていなかっただろう。

「あっちにいた時と比べたら、天国だよこっちなんて」

何よりもババアがそばにいないのが最高、と笑ってからふいに日夏は表情に翳りを入れた。

「……だからむしろ俺の方が、よっぽどおまえにひどいことしたって思ってる」

一命を取りとめた後も、療養に一年かけなければ日常に戻れないほどの重傷を負わせたのだ。いくつかのボタンが掛け違っていたら、この世にいない可能性すらあったというのに——。

俯いた視線の先に祐一のカプチーノが差し出される。受け取った温かさがじんわりと掌に沁みた。

「僕の怪我は当然の報いだから、君が気に病むことじゃないよ」

「でも…」

「それにね、鴻上家にとってはあれが転機になったんだよ。他人頼みじゃなくて自分で切り拓《ひら》かなければ意味がない、って遅ればせながら気がついたんだ。奮起した父親が事業をいくつか立ち上げてね、それがうまく軌道に乗ったおかげでいまは財政事情もだいぶ楽になったんだ」

「——親父《おやじ》さん、残念だったな…」

「君にすまないと伝えてくれって、病院で伝言を受けたよ」

祐一の父親とは日夏も何度か顔を合わせたことがある。快活そうに笑う、人あたりのよさそうな人物だった。挨拶以外ではほとんど言葉を交わしたことはなかったけれど、最後に会った日のことだけはよく覚えていた。いろいろあるけど頑張れよ、と無造作に頭を撫でてくれた大きな掌。その温《ぬく》もりにもし父親を選べるのならこんな人がいい、と強く思ったのが忘れられない。

「自分の死期を悟っていたんだろうね。一年くらい前から僕にも仕事のノウハウを教えるようになってね、重要なことはすべて僕らに引き継いでから向こうに旅立ったよ」

当主の身罷《みまか》りも、鴻上の血族をさらに団結させる要因になったのだという。

「それに君がくれた転機はそれだけじゃないんだよ」

二つめの能力が覚醒したことも鴻上家にとっては僥倖《ぎょうこう》になったんだ、と祐一は静かな声で語った。

「僕が複数の能力を持つことで、周囲の『鴻上』を見る目もずいぶん変わったよ。能力の詳細は明かせないんだけどね、いまでは稀少系《きしょうけい》にあたるらしいんだ。プレシャスよりもグロリアの方が鍛錬に向いてるって聞いてこっちにきたんだよ」

そう告げる祐一の襟もとには「R」の金文字が留まっている。二つめの能力を得たことにより、この春の実技試験でナイトからルークまで一気に昇格したのだという。

「これも全部、君のおかげだから」

持ち上げた目線を柔らかな眼差しに迎えられて、日夏はまた目頭が熱くなるのを感じた。

「不幸もたくさんあったけど、その不幸にもたらされた幸福もあるんだよ」

「祐一…」

さわりと一度だけ頭を撫でられて、日夏はいつかのあの掌の感触を思い出していた。

（……ああ、そっか）

自分が祐一にこれまで何を見ていたのか、ようやくその答えを見つけた気がしてじわりと目もとが潤む。恋と紛うほどに好きだったのは本当、でもこれは恋じゃない。

（俺ってばすげーブラコンなんじゃん…）

両親と離され、それまでの記憶をぼかされた日夏にとっては、祐一こそが「家族」だった。

そう思った途端に、泣きたいほどの安心感が胸に広がっていく。どんな時も柔らかな微笑《ほほえ》みと温もりをくれた人――。あの氷のような家の中で、祐一だけが日夏の太陽だった。

いつの間にか先ほどよりも近づいた日溜まりが濃色のスラックスに熱を持たせていた。その中に身を投じた二人の間に、きらきらと光の粒子が舞う。どちらからともなく笑い合いながら、日夏はあの日から止まっていた胸の時計がようやく動きはじめるのを感じた。

カチカチという置時計の秒針の音がラウンジに響く――。

それをどれくらい聞いていただろうか。ふと気づけば、現実の時計もずいぶん針を進めていたらしい。二限もすでに三分の一が終わっている時分だ。

「つーか、もうこんな時間？」

「とりあえず君の制服をどうにかしなきゃだよね」

「あー……だよね」

カプチーノを一気に呷《あお》って空にすると、日夏は丸めた紙コップをゴミ箱へと放り入れた。

袖口を含めて奇跡的にブレザーは無傷なのだが、水分を吸ったスラックスがぐしょりと足に張りつく感触は、時間の経過とともにさっきから不快感を増幅させているのだ。

「とりあえずジャージに着替えて、制服はランドリー室に持ってくワ」

古閑の知り合いに寮生がいるので、学院の敷地内にある寮に立ち入らせてもらえばいい。前にも何度か使わせてもらったことがあるので、向こうも顔を覚えているだろう。ひとまずジャージを保管しているロッカーまで向かおうと立ち上がりかけたところで。

「あ」

祐一を呼び出す放送がスピーカーから聞こえてきた。くり返される曜子の声を聞きながら、そもそも自分の役割が何であったかをその時になって思い出す。

「悪い。俺、本校舎しか案内してないし…」

「大丈夫だよ。配置図はすでにもらってるし、執務室へも一人で戻れるから。それよりも制服、早く処置しないとシミになっちゃうよ」

「あ、でも…」

三年の歳月を経てようやく持てた祐一との穏やかな時間に何となく離れ難さを感じていると、祐一がセピア色のスラックスからひょいと携帯を取り出してみせた。

「よかったらアドレス交換、してくれる?」

「する！」

日夏の番号とアドレスも三年前の時点で強制的に変えられてしまったので、祐一と自分とを繋ぐ線がこうやって増えていくのは何よりも嬉しかった。

「じゃあ、また。メールするね」

祐一の背を見送ってからも、いつでも連絡を取れるという安心感が掌に残っている。

（さーて、俺もいくかな）

足に張りつく布地を指先で摘みながら、日夏は早足にラウンジを出た。

窓があるたびにタイルの上にうずくまっているいくつもの日溜まりを踏み越えながら、体育館へと延びる通路を目指す。その手前まできたところで足を止めると、日夏はおもむろに背後に声をかけた。

「盗み聞きかよ？」

「――いや、専科棟からの帰りに通りかかったんだよ」

最初から隠す気もなかったのだろう気配が、振り向いた先の角から姿を現す。

藍色の眼差しに若干の憂いを載せて、一尉が静かな足取りで日夏の隣に並んだ。その言葉に嘘はないのだろう。一尉の気配を感知したのは祐一と別れる寸前のことだった。

「いろいろ話せたみたいだね」

「おかげさまでな。で？　おまえも俺に何か、用があんじゃねーの？」

体育館へと並んで通路を歩きながら、日夏は首を傾けて俯きがちな一尉の表情を見守った。

「君にちゃんと謝りたかったんだよ、あんな再会になってしまったことをね」

「あー、それは気にすんなってさっきもメールしたろ？　悪いのはあのガキでおまえじゃねーんだしさ。それより俺は、呼び出された用事の方が気になってたんだけど」

「ああ、再会は週明けって君にも彼にも告知してたからね。彼に校内を案内している間、おかしなところで鉢合わせないよう君には別室で待機してもらおうと思ったんだよ。二限の間は第三執務室で自主学習、って君の担任にも話は通しておいたしね。朝の時点で君にも言っておけばよかったな」

「したら携帯にメールすりゃよくね？　ガキの使いなんか寄越さねーでさ」

「携帯は原則、授業中は電源を落とすことになってるよね。その辺を考慮したんだけど」

「……いろいろすみません」

それが校則といえど遵守《じゅんしゅ》している生徒などほとんどいないのだが、日夏は先日授業中に五回連続で携帯を鳴らした咎で一度、反省文を書かされているのだ。奇《く》しくも今日の一限はその教師の担当なので、もしまた鳴らすようなポカをしていたら今月二回目の反省文を書かされていたのは間違いない。そうなれば審議会で一尉が執り成した「取引」も危うくなっていたかもしれない。

「俺もみすみす、君を停学にはしたくないよ」

「悪りィ、もうちょい気をつけるワ……あ、でもおまえの後輩とバトった件は？」

「あれは不問でいいよ。彼の挑発に乗ったのには感心しないけどね」

苦言を呈する、といった感じで一尉が眉間に浅いシワを刻む。

確かにガキ相手に自分の態度も大人げなかったかな…と、多少反省はしていたのだ。だからといって売られたケンカをそのままにしておく気はない。仕掛けるにしてもいまは時期が悪いので、しばらくは情報収集に回るのが得策だろう。

「あのガキ、おまえのシンパ？」

手はじめに入れた日夏の探りに、一尉が苦い表情はそのままに口角をわずか持ち上げてみせた。

「彼はいもしない偶像を俺に見てるんだよ」

「ああ、『学院の誉れ』的な？」

「買い被られてる身としてはちょっとつらいよ。本当の俺を知れば間違いなく失望させるからね」

「だよな。見かけによらずエゴイストで、ドSでって、そりゃガッカリもする…」

「——サディストの前での不用意発言は命取りになるよ」

冗談だけとも思えない台詞に日夏は笑顔で口を噤むと、代わりに一発握り拳《こぶし》を傍らのブレザーに見舞っておいた。途端に火薬のような匂いがうっすらと鼻をつく。

「そういや爆発はどうだったんだよ？」

「ああ、あれはもう首謀の見当がついたからね。処理は終わったよ」

「ふうん。だから俺がお役御免になったってわけ？」

「ご名答」

通路の終点にあるスロープを上って体育館のエントランスへと足を踏み入れる。この時間は無人なのかやけにシンとした館内をヒタヒタと歩きながら、日夏は真《ま》っ直《す》ぐにロッカー室を目指した。最初に一目見ただけでこちらの惨状を理解したらしい一尉が、途中からは先導するように前を歩く。その背中を眺めながら、日夏はなおもリサーチに熱を入れた。

「にしてもあんなガキ、前から風紀にいたっけ？」

「いや、風紀に入ったのは今期からだよ。俺も面識はほとんどないんだけどね、『佐倉』の関係で昔から『菱沼』家とは繋がりがあるんだ。彼の存在や能力とかは前から知ってたよ」

「ずばり訊くけど、あの力って弱点ねーの？」

「あるけど君には教えないでおく」

（だよな…）

予想どおりの答えをもらって内心舌打ちしながら、日夏は八重樫の不在をいまさらながらに口惜しく思った。あのメガネがいれば情報戦にはこと欠かないのだ。むろん望む答えを引き出すにはそれ相応の対価を求められるが、手っ取り早く情報を得るには一番手軽でおまけにツケが利く。

「ま、いっか」

どのみち今月は仕掛けられない、とさっきも思ったばかりなのについつい逸《はや》る気に押し流されそうになってしまう自分を深呼吸で諌《いさ》める。来月以降に再戦を仕掛けるとすれば、八重樫の帰国を待ってから対策を練るのでも遅くはない。もらった挑発への憤りはそれまで温存しておくことにする。

ロッカー室に入ったところで一尉の背中を追い越すと、日夏は慣れた足取りで自分のクラスの列に入った。左から五番目、下から三段目のロッカーのダイヤルキーを暗証番号に合わせて開錠する。中からジャージだけを引っ張り出すと、日夏はロッカーの列を抜け、更衣スペースに設《しつら》えられたベンチに水色の上下を放った。ベルトのバックルに手をかけてから、ふいに。

「つーか、何でおまえ見学してんの？」

もっともな疑問にようやく思い至る。

差し向けた視線の先で一尉はひょいとベンチを跨《また》ぐと、掌を優雅に返してから「気にしないでどうぞ」と笑顔で続きを促してきた。いままで半裸に留まらず、自分でも見たことのない領域まで何度も晒している間柄だが、こうして注視を受ける中着替えるのはやはり羞恥を伴う。

「男同士なんだから、べつに気にすることないでしょ」

「……俺とおまえでその定義があてはまんのかよ」

「火傷の具合が見たいと思っただけだよ。それとも温くなってから零したの？」

「あー…熱かったけど祐一に癒してもらった」

すでに完治したと告げても引き下がる気配のない一尉に、日夏は仕方なくスラックスから右脚を抜くとガンッとベンチの際を踏んだ。いまは赤みの片鱗《へんりん》もない大腿部《だいたいぶ》を間近に見せて同意を誘う。

「な？　治ってるだろ」

「——本当だ。キレイなものだね」

だが剝き出した素肌をするすると撫でられて、日夏は慌てて脚を引っ込めた。

「おまえの触り方はヤラしいんだよ…っ」

「それってそう思う方がイヤラしいんじゃないかな」

「うるさい！　とりあえず納得はしたろ、これで…！」

一尉に三歩ほど距離を置いてから、スラックスを完全に脱いでジャージに穿《は》き替えると日夏は続いて上も着替えた。

三・四限目が続けて体育だったのは不幸中の幸いだったろう。制服の群にこの姿で交じって授業を受けるのは罰ゲームにも等しいものがある。スラックスを除いて手早く畳んだ制服をロッカーに戻すと、日夏は更衣スペースの時計に目をやった。ここから寮まではそれほど離れていない。いってランドリーを回して戻ってきても、まだ三限の開始までには余裕があるだろう。

「寮のランドリーを借りるの？」

「そう。古閑の知り合いがこの時間なら寮の部屋でグータラしてると思うから」

頃合を見て乾燥機に放り込んでもらえば、昼休みには乾いているだろう。だがさっさと出口に向かいかけた日夏の手首を、ベンチに座ったままだった一尉の手が唐突に引き止める。

「って、なんだよ」

「ここで君を抱きたいって言ったら引く？」

「ドン引く。学校じゃそーいうのナシって言ったろ」

「うんわかってる。ただ少しだけ、君に触れていたいんだ。――それでもダメかな？」

壁の高部にいくつか並ぶ窓からの光が逆光になって、俯き加減な表情を窺い知ることは出来ない。ただ声の調子はいくぶん弱っているように聞こえた。日夏は手にしていたスラックスをベンチに放ると、一息ついてから一尉の向かいのスペースに腰を下ろした。

「なーに弱ってんだよ」

「――君が足りないのかな。補充したくて仕方ないんだ」

「三日前にあんなコトしといてよく言えるな、それ…」

「そうだね、本当にね」

項垂《うなだ》れている頬に両手を添えると、日夏は上向けた藍色の底をじっと見つめた。確かな自信と揺るぎない誇りとで撥剌《はつらつ》としていた「優等生」の輝きはそこにはない。

(困ったやつ…)

眼差しを曇らせる要因といえば一つしか思いあたらなくて、日夏は軽く息をつくと一尉の首に片腕をかけた。鼓動がわかるくらいにぐっと自分の体を密着させる。

「そんなに不安？」

「自分でも予想以上かな。だからいまちょっと、うろたえてる」

「俺はもう、おまえを選んでるんだぜ？」

「うん、わかってる」

祐一の存在がここまで一尉をナーバスにさせていたとは、日夏にとっても予想外だった。

たぶんいま何を言ったところで、言葉ではそれを解消出来ないのだろう。自分に出来るのはこうして一尉のそばにいることだけだ。抱き締めて、体温を伝えることくらいしか思いつかない。

腕に力を込めると、それに応えるように背中に回された一尉の手が、ゆっくりとポリエステルの表面をなぞりながら腰骨まで下りてくる。指先が上衣《うわぎ》の裾にかけられた。

「ダメ、かな？」

吐息で囁くように問われて、今度は日夏が弱る番だった。

「でも俺、ランドリーに…」

「そっちは俺が回るよ。日夏はこのまま体育に向かえばいい」

幸か不幸か、ロッカー室の入り口から更衣スペースは死角になっているため、誰かが入ってきたとしてもすぐにはバレない。大きな物音さえ上げなければ大丈夫かもしれない……それに。

（こいつの不安は返せば、それだけ思われてるってこと——）

そう思うと下腹部の奥が疼くような感覚があった。堪らない心地がふつふつと込み上げてくる。

日夏は数秒考えたのちに、一尉の耳もとに小声を返した。

「ホントに、少しだけだぞ？」

ゴーサインを出すと同時にジャージの内側に入り込んできた両手が、華奢な腰をつかんで宙に浮かせる。促されて一尉の両脚を跨ぐようにして向かい合うと、日夏は不安定になった体をブレザーの首筋に縋ることでどうにか支えた。その間も続く刺激に思わず掠れた声を上げてしまう。

「バカ、声出るようなのはまずい…」

「わかってる。少し触るだけでいいから」

——その『触る』にどの範囲まで含まれているのか、きちんと確認しなかったことを後悔したのはその数分後だった。気づけば一尉の瞳が藍色から紺色へと移り変わっていたのだ。

「何で能力なんか…っ」

「君は俺の物なんだって、より実感したいんだよ」

感染させた相手の体を言葉のままに操る能力、それが『感染』だ。だが日夏の物であるはずの能力をいま行使しているのは一尉の方だった。

それこそが一尉の掟破りな能力——他者の力を一時的に奪い、自分の物とする『強奪《スナッチ》』だった。いまでは滅多に出ることのない稀少系能力の一つなのだという。

「や……ぁ…っ」

薄暗いロッカー室にクチュクチュ…という濡れた音が響く。濡れたら困るということで脱がされたジャージはベンチの脇に、下着は片足だけ抜かれて足首に引っかかっていた。

対面だった姿勢からいまは後ろ抱きにされながら、日夏は喘《あえ》ぐ背中を一尉のブレザーに押しつけていた。後ろ手に首に縋りながら、前に回った一尉の手が濡れたソコをつかんでいるのを涙目になった視界で必死に捉える。一尉の両手に包まれて歓喜の声を上げるように、張りつめたソコはさっきから断続的にトロトロと粘液を溢れさせていた。

「あ、も……イキ、た…」

「ダメだよ、まだ時間はあるから」

一尉の言葉で、いまにも臨界点を突破しそうだったソコが強制的に待ったをかけられる。一尉の許可が出ない限り日夏は放出さえ叶わないのだ。縦目を弄られながら「少しだけイク?」と耳もとに囁かれる。途端に飛び出した粘液を押し留められて、過敏な周囲へと塗り広げられた。

「ふ…っ、あ…」

言葉どおり放出は少しだけですぐに意識の枷《かせ》がかかる。もどかしい刺激に叫び出したくなるも、声にセーブはかけられていないのでそこは自分で堪えるしかない。

「あ…っ、も、人くる……から」

下肢の間を弄られはじめてすでに十五分は経過しているだろう。そろそろタイムオーバーも近いはずだ。回した腕で必死に襟口をつかむと、絶え間なかった刺激がようやくやんだ。

「ちょっと待ってね」

指戯が止まった途端、ぐったりと倒れそうになった体を支えながら一尉が立ち上がって日夏の前方へと回る。開いた脚の間に膝をつき、濡れた屹立に舌を添えながら最後の許可が出された。

「んン…ッ」

含まれてきつい吸引を受けながら、日夏はガクガクと膝を震わせて二日ぶりの射精に身を委《ゆだ》ねた。

その後の体育で、腰が使い物にならなかったのは言うまでもない——。

5

土日の間で何度もメールのやり取りをしたからか、月曜になって祐一と顔を合わせた時にはまるで二日ぶりだという感じがしなかった。再会までに三年の空白があったことさえ、ともすれば忘れてしまいそうなほどに。

「おはよう、日夏」

HR前の教室にプレシャスの制服が入ってきた時には、さすがに教室の空気がザワリと揺れた。それを剣呑な視線で黙らせると、日夏は祐一用にと用意されていた座席に鳶色のブレザーを誘導した。

「はよ。今日は二限まで授業受けてくんだろ？」

「うん、よろしくね」

あらかじめ机の中に用意されていた参考書類と、鞄から取り出した筆記用具とを祐一が几帳面に机の端に並べる。五月の席替えで窓際の一番後ろという絶好ポイントを引きあてていたおかげで、祐一と机を並べられたのが日夏には小さな喜びだった。事前にメールでそれを知っていたので、今日はめずらしくHRのずいぶん前に教室の扉を潜ってしまったくらいだ。

「祐一とさ、並んで授業受ける日がくるとは思わなかった」

「僕もだよ」

いつもは憂鬱《ゆううつ》でしかない授業も、祐一が隣にいるだけで待ち遠しくすら思える。たったそれだけで勉強意欲まで湧いてくるのだから我ながら現金な頭だ。

ＨＲ時に担任から軽く祐一の紹介が入ると、また少しだけ教室のムードがざわついた。『椎名』と『鴻上』の断絶が解消されたことを知る者はまだ少ないらしい。ざわつく野次馬をまた鋭い視線で黙らせると、日夏は先週一度も覗かなかった机の中から英語の教科書を引っ張り出した。中をめくりながら、プレシャスでの進行度を確認する。

「ああ、グロリアの方が少し進んでるって聞いてるけど」

「マジで？　でも祐一なら楽勝でついてけるよな。昔から頭よかったし」

「だといいんだけどね。もしわからないところがあったら教えてね」

「……それ、たぶん無理」

祐一が知っている頃といまを比べても、日夏の理解力が飛躍的に上がったという事実はない。もとより勉強と名のつくものには片端から興味がないので、もしかしたら昔より働きが悪くなっている可能性すらあった。実際、一限の英語、二限の数学ともに日夏は祐一に何度となく小声で教授を請うはめになった。しかもそのたびに祐一がポイントを的確に押さえたアドバイスをくれるので、教卓の前にいる教師の説明よりもよほどわかりやすかったりするのだ。

「祐一、このままグロリアに編入してきたら？」

二限の休み時間には、思わずそんな本音を漏らさずにはいられなかった。

「僕もそうしたいくらいなんだけどね、なかなかそうもいかなくて」

「ちぇ」

子供じみた仕種で頬を膨らませると、日夏は筆記用具を片づける祐一の手もとに拗《す》ねた視線を据えた。今日はもうこれで一緒に受けられる授業はない。この後には専用に組まれた特別講義が待っているのだという。三限からのやる気をすっかりなくし、だらしなく椅子にもたれている日夏に苦笑すると、祐一はポケットに入っている携帯をぽんとブレザーの上から叩いた。

「お昼、誘ってもいいかな。もちろん先約があるんなら無理にとは言わないけど」

「あ、ないない。今日は一人ランチの予定だったから」

一尉は会議で、隼人は真昼の情事でそれぞれ昼休みが潰れると聞いていたので、日夏は最初から今日の昼休みは祐一とすごす気でいたのだ。古閑はどうせ昼をすぎてからでないと、月曜日は登校してこないだろう。

「四限が終わったら連絡するよ」

「ん、待ってる」

手を振って祐一を送り出すと、日夏はフウ…と満足げな息をついた。昼休みの約束を持てたからか、多少は三限に対するモチベーションも上がってきたような気がする。

（さーて、張りきって世界史に挑みますか）

ガサガサと机の中を漁《あさ》って教科書を探していると。

「よう、日夏」

いつの間にやら背後に立っていた古閑の声がふいをついて頭上から降ってきた。どうやら背後の扉から祐一とのやり取りを目撃していたらしい。

「仲のいいこって。よかったら俺も交ぜてくんない？　一人ランチなんて泣けてきちまうぜ」

「あー、泣けよ泣いちまえ」

にべもなく断ると、日夏は目的の教科書と筆記用具とを祐一に倣って机の端に並べた。

「うっわ、可愛くねー。しかも何、そのやる気満々な配置？」

「放っとけよ。それよりずいぶんお早い登校だな」

多分の嫌味を込めて古閑の細目を見上げると、「まあな」と肩を竦めた痩身《そうしん》が祐一の椅子をガガッと引いた。どうも今月の席替えで、窓際ながらも一番前をビンゴしてしまったのが気重らしい。手にしていた鞄を勝手にフックに引っかけると、古閑はその場に腰を据えてしまった。

「お、いいじゃんココ。鴻上と交代で使おうかな、俺」

「ショバ代払えよ」

「俺が日夏に？　ってそれ、おかしくね？」

いやおかしくないと言い張る日夏に、古閑がポケットから取り出した何かをひょいと放り投げる。

反射的に受け取り掌を開くと、小さなチョコレートが一つ収まっていた。

「んじゃ、それショバ代な」

「……だから、ガキ扱いすんなっつーの」

口ではそう言いながらもそれをポケットにしまった日夏に、古閑がニヤリと唇を歪める。

「お子様の買収は楽でいいな」

「言ってろ」

三限開始のチャイムが鳴る。月曜の午前は捨てた、と四月の時点で公言していた古閑が教室にいることに世界史の教師は少なからず驚いたらしい。くすんだ紺色の瞳が教卓で瞬《しばた》かれるのを人の悪い笑みで見物してから、古閑はすぐに腕を枕に眠り込んでしまった。

(寝てんなら出てきた意味ねーじゃん…)

その調子で四限まで爆睡していた古閑がただの線になっていた両目を開いたのは、昼休みに日夏の携帯がメール着信を告げた直後だった。祐一からのメールに手早く返信を打つ。数度の応酬でランチの算段をつけたところで、古閑が組んでいた枕を解いてその場で豪快な伸びを披露した。

「ンあー…っ、よく寝た。俺も昼メシにすっかなぁ」

「購買？　食堂？」

「財布的に今日は購買」

「あ、俺も。そこまで一緒いこうぜ」

連れだって教室を出ると、二人して食堂の手前にある購買を目指す。あれだけ寝倒してもまだ眠いのか、古閑の猫背はいつにも増して丸まっている気がした。瞳の開きが五割減なのも眠気のせいなのか、足取りも少々覚束《おぼつか》ない。

「んな眠いんなら、医務室でもいけば？」

「んー、まあ……小遣い稼ぎのためなら多少の眠気も我慢できるっていうか」

ホントは一限からいるはずだったのにその辺はまあ寝坊だー…と、意味不明なことをぼそぼそと呟きながら古閑がこしこしと手の甲で目もとを擦る。

（こいつ猫っぽい仕種多いよなぁ……顔と能力は爬虫類系のくせに）

釣られて日夏も意味のわからないことを思いながら、揃って階段を下った。眠気に襲われた古閑が意味の通らない言動に出るのはいままでにも多く目にしているので、いまさら気に留める気にもならない。古閑が朦朧《もうろう》としている間は日夏もガードを緩めたままでいいので、並んでいても気は楽だった。

先週の二の舞にだけはなるまい、と固く胸に誓ってあるのだ。

「鴻上とはどっかで待ち合わせ？」

「裏庭の雑木林でね。俺が購買で二人分買って、デリバリーするって寸法」

「ま、人目は避けた方が無難だよな」

古閑から助言を受けるまでもなく、これくらいは想定内だ。校内の噂好きの多さを思えば、グロリアに祐一がきていることはすでに周知の事実と考えていいだろう。日夏とのツーショットが目立てば、ありもしない新たな噂話が一人歩きしはじめるのは必至だ。

動いたことで眠気も少しは薄れたのか、もうじき一階というところで古閑が「なあ」と七割ほど開いた目を日夏の方に向けてくる。その視線が自分の輪郭を舐めるように上下したのを見て、日夏は嫌な予感と悪寒とを同時に覚えた。

「ほほう、腰が引けてるってことは……なるほどねぇ」

開いた口は案の定、碌なことを言わなくて心底ゲンナリとした気分を味わう。座り込みたい衝動を手摺りにつかまることでどうにか堪えると、日夏は胡乱な眼差しを細目に送った。

「隼人に聞いたのかよ、それ……」

「そ。言われてみりゃ一目瞭然だな、ホント」

「……マジで？」

「マジで」

それほどに自分の体はわかりやすく、前日の情事を物語っているのだろうか。

土曜も日曜も請われるままに体を許したので、後遺症ともいうべき倦怠感《けんたいかん》が残っているのは自覚しているのだ。先週ほどではないにしろ、それなりに乱れた夜を二晩すごした。

（金曜から済し崩しっていうかね）

陽《ひ》が落ちると、夜空と同調するかのようにあの藍色の瞳にうっすらとした翳りが入るのだ。そのまま俯きがちに求められると、日夏はどうしても抗えなかった。

体を重ねることで一尉が安心感を得られるというのなら、それでもいいかと割り切っていた部分もある。体を求めることと心を求めることは日夏の中では同義だった。それに応えることでこちらの心が少しでも伝えられるのなら――そう思えば多少の羞恥も押し込めることが出来た。だがはたしてその方法が正しいのか、日夏にはわからない。

一尉はハイブリッドの中でも特異な存在として位置づけられていた。

肉体、精神、能力――サラブレッドなら通常バランスが取れているこの三点に、狂いがあるのがハイブリッドの「弊害」だと俗に言われる。時に器にそぐわないほどの魔力を有しているのがハイブリッドの特徴でもあり、同時に弱点でもあるのだ。日夏もサラブレッドよりは魔力のスタミナを持っている方だが、使いすぎれば当然、肉体にも精神にも影響が及ぶ。それを防ぐためにブレーカーが落ちたように気絶することを「ブラックアウト」と呼ぶのだが、これを何度もくり返しているとやがては命にかかわってくる。異種の血が混じり合った結果として顕《あらわ》れる弊害は他にもいろいろ聞くが、やはり一番ポピュラーな特徴はこの魔力の強さとブレーカーの存在だろう。

だが聞く限りでは一尉はブラックアウトの経験がほとんどないのだという。アカデミーの教育過程を修了していることを考えれば、それが経験不足からの言葉でないことはすぐにわかる。それだけ尋常でないほどの潜在魔力を有し、なおかつそれに耐え得る精神と肉体とを一尉は生まれながらに持っているのだ。それゆえ純血種からも雑種からも、一尉は常に一線を引かれる存在だった。その孤独や不安はいかばかりだったろう。だが華やかな経歴や優等生像の目映《まば》ゆさにばかり衆目が集まり、その向こう側の影にまで目を向ける者は少ない。

そういった一面に自分は何より惹かれたのだろう。

似たような逆境に生まれ、そこから正反対の手法で一尉は未来へのアプローチをかけたのだ。道程はまるで違うけれど根底にあった気持ちはとてもよく似た、モノクロームの心象風景——。だからこそ日夏は一尉に胸の内を曝け出すことが出来たのだろう。ずっと胸に押し込めていた弱音も、見ないふりしていた傷口も、封じていた涙さえも。

（だからおまえの弱さも出来るだけ受け止めたい、って思ってんだよ…）

誰かに相談しようにも、周囲に足るような該当者はいない。悪友たちに内情を話すのは問題外として、一尉のことを祐一に相談するのもやはりお門違いな気がする。

（どうするのが一番いいんだろう…？）

抱かれることでより信頼が得られるというのなら容易い。だが抱き合った直後は満たされたように見える瞳も、夜には失墜したように光を失っているのだ。あるいは今夜もそうなのかもしれない。

そう思うと自然、日夏の瞳にも陰が差し込みそうになる。とはいえ。

「って、悩んでても解決しねーしなぁ…」

「あ？」

「何でもねー」

翳りそうだった表情に無理やり笑顔を作らせると、日夏は駆け足で古閑の猫背を追い越した。

「購買まで競争。負けた方の奢りでどうよ？」

「バーカ、マジで金ねーって。つーか寝不足で走れねーよっ」

文句を言いながらも、日夏につき合って律儀にスピードアップしてくれた古閑とともに廊下をひた走る。購買へはタッチの差で日夏の方が早く辿りついた。

「コーヒー一杯に負けといてやらー」

「ったく、たかりやがって…」

スラックスのポケットをじゃらりと探ってから、古閑が選り分けた百円玉を日夏に向けて放る。ラウンジの紙コップで我慢しろ、ということらしい。

「サンキュー、みっくん大好きー」

「リップサービスならもっとマシなこと言えー…」

全力疾走で体力を消耗したらしい古閑が入り口付近に座り込むのを横目に、日夏は人波を縫うと奥のカウンター付近へと進んだ。レジ横に設置されている手書きの黒板メニューを携帯で撮って祐一に送る。ほどなくして返ってきたリクエストどおり買い物を終えると、日夏は「んじゃなっ」といまだにしゃがみ込んでいる古閑に手を振って購買を後にした。

テラスとは反対方向の裏庭に小走りで駆けながら、柔らかい土の感触を上履きの底で踏み締める。これはローファーに履き替えるべきだったかと一瞬思うも、いまから履き替えていては時間のロスが大きい。そういった制約もあるので、ランチタイムにわざわざ裏庭の、さらに雑木林の奥まで入ろうという輩はほとんどいないのだ。人目を避けるには絶好の場所だった。

萌える緑で彩られた木立を抜けると、旧校舎の裏手にいくつか設えられたベンチの一つにセピア色のスラックスが腰かけているのが見えた。

「悪い、待たせた……！　わかりにくくなかった、ここ？」

「いや、すぐに辿りつけたよ」

（そういや出先じゃいつも、祐一の方向感覚に頼ってたっけなぁ……）

何度も赴いたことのある親戚の家を訪ねるのにも毎回のように迷う自分を心配して、いつからか日夏の所用外出には可能な限り祐一がつき添うようになったのだ。

（帰りに寄り道してババアに怒られたりしたっけ）

ふとしたことからそういった過去の断片がいくつも甦るのを懐かしく思いながら、日夏は祐一の隣に並んだ。紙袋から取り出した中身を一つ一つ、自分と祐一との間に並べつつ注釈をつけていく。

「えーと、これが生ハムとロケットのベーグルサンドで、これが鮭《さけ》といくらの親子サンドね。で、こっちがツナとオクラの和風ホットサンド。俺オクラ無理だからこれ、祐一の担当ね」

「やっぱりまだ食べられないんだ？」

「粘つく時点であいつは野菜じゃないね」

無体なことを言い切りながら、さっさと鮭サンドに手を伸ばした日夏に祐一が苦笑する。

「いくらが好きなのも相変わらず？」

「……お子様舌だって笑いたきゃ笑えよ」

「そんなこと言ってないよ、一言も」

柔らかく微笑みながら、祐一がラウンジで調達しておいてくれたペットボトルをベンチに並べる。

「ジャスミンティーと甘いミルクティーを買っておいたよ」

どっちがいいと訊かれる前に、日夏の手はすでにミルクティーに伸びていた。そそくさとそれを自分の方に引き寄せながら、拗ねた口調で唇を尖らせる。

「お子様舌だって…」

「笑わないって。それは日夏用に買ってきたんだから」

（あ、そうか）

日頃から散々っぱら悪友たちにからかわれているおかげで、食の嗜好《しこう》に関しては構える習性が身についているのだが、祐一に対してはいまさらそんな必要がないことを思い出す。そうやって甦ってくる感覚のいちいちが懐かしくて、日夏は気づけば鮭サンドを頬張りながら口もとを緩めていた。

「何かさ…」

「ん？」

「昔に戻ったみたいで、すげー楽しい」

はにかんだ笑みを祐一に向けてから、日夏は晴れわたった五月の空に目を向けた。

ここのところ快晴が続いているせいか、例年よりも暖かい風がさやさやと木立をわたり、心地よい葉擦れの輪唱を響かせる。テラスで摂《と》る食事とはまた違い、土や緑の匂いが近いのもさっきから懐かしさを助長するのに一役買っているのだろう。

「前に『三条《さんじょう》』家の庭で園遊会があった時、立ち入り禁止の築山でピクニックして怒られたよな」

「ああ、覚えてる。あれは秋だったね、紅葉が見事だったのを覚えてるよ」

「……俺は寿司がやたらうまかったのが印象的だけど」

日夏の食い意地もかなりの年季入りだ。すかさず「そういえばお皿に載るだけお寿司を載せて、築山まで二往復してたよね」と言われて、そういえばそうだったなと思い出す。三往復目の復路の途中で祖母に見つかり、大目玉をくらったのだ。日夏が八歳、祐一が九歳だった秋のことだ。

「僕は『椎名』の庭で催された夜桜の会も、すごく印象に残ってるよ」

「あー、あったねそういえば……」

祐一の言葉に、漆黒の帳《とばり》を背景に燦然《さんぜん》と咲き誇っていた桜の情景が瞼に甦る。

樹齢を重ねた古木が何本も狂い咲いたあの春は特別だったのだろう。視界のそこかしこに薄紅色の靄《もや》が揺れていた記憶がある。その淡い霞《かすみ》の合間に行灯《あんどん》や提灯《ちょうちん》の明かりが無数に揺れる夜の庭は、まるで幽玄の世界へと続いているかのようだった。油断すれば別世界へと攫われそうなその雰囲気が子供心に少しだけ怖かったのを覚えている。祐一の着物の裾をつかんで、日夏は一晩中後をついて回った。いつどこから幽鬼が現れて自分を頭から食べてしまうかわからない、と真剣に訴える日夏の言葉に祐一は笑いもせずに穏やかに耳を傾けてくれた。

「僕がいるから大丈夫だよ」

その一言に自分がどれほどの安堵《あんど》を得たことか。あれは日夏が七歳、祐一が八歳の春だった。

いままで思い出しもしなかった記憶がまた一つ、また一つと祐一との会話の中で色彩を取り戻していく。つらいことや悔しい目にも数多く遭ってきたが、そんな思い出ばかりではなかったことを日夏は久しぶりに思い返していた。

祐一がいたから、自分はあの家で呼吸が出来ていたのだと改めて思う。

そうでなければとっくに窒息していた。

名家と呼ばれるたいがいの家がそうであるように、椎名の家を雁字搦《がんじがら》めにしていたしきたりに屈していれば、もっと早くに楽な呼吸を覚えていたのかもしれない。

名家に生まれついた者は多かれ少なかれ、その肩に伝統や跡目という重荷や重責を課せられる。それを甘んじて受け入れるのが当然の義務だという魔族の風潮は、この先も変わることなく永続するのだろう。積年に亘《わた》り継続してきたいくつもの伝統を次代に継承し、繁栄を受け継ぎ、名家が名家たり得ることで魔族社会は遥か昔から変わらぬ機構を保ち続けてきたのだ。

口中に残る風味を甘いミルクティーで押し流すと、日夏はまたはにかむように目尻を弛ませた。

「——祐一がいなかったら、俺は俺になってない」

日夏の呟きを拾った風が、前髪を吹き上げて空へと駆け上がっていく。それを追いかけた虹彩《こうさい》を刺すような陽光が灼いた。狭めた両目を右手で庇いながら、それでも眩む目映さを指の隙間から透かし見る。日夏は吸い込まれそうな青空に羽ばたく鳥の影を数えた。

視界のファインダーを縁取る木立がまたさわさわと風に揺れる。絶え間ない葉擦れの音に耳を傾けていると、少しだけ遠く、祐一の声が聞こえた。

「日夏は前より強くなったんだね」

言いながら眩しそうに仰ぎ見られて、くすぐったい心地になる。

「昔よりもずっと強くなった気がするよ。それも一尉くんのおかげなのかな」

「え…」

「婚約の話を知った時は少し複雑な気分だったけどね——…いまは心から祝福出来るよ」

一尉の名前を聞いた途端に、寂しげなあの藍色が脳裏に浮かぶ。こんなふうに祐一と会っていることもあいつにとっては気がかりになるのだろうか？

日曜の昼間、熱心にメールを返す自分に一心に注がれていた視線に気づいて、日夏は試しに「妬ける？」と訊いてみた。返ってきた答えは「いや、信用してるから」という笑い混じりの軽い否定だったけれど、それが本心だったら夜の変貌《へんぼう》はないのではないか。そう思うと日夏はこうして祐一と会っているのもどことなく後ろめたいような気持ちになった。

「日夏……？」

急に焦点の合わなくなった瞳を、心配げに祐一の掌が何度か遮る。

「あ、悪い。ちょっとぼーっとしちゃって…」

「大丈夫？」

パチパチと二度ほど瞬きをしてから、日夏はニッコリと満面の笑みを形作った。

「今日すげー早起きしたからさ。たぶんちょっと寝不足」

聡い祐一に揺れている内心を悟られないよう、日夏は「五限、かったるーっ」とわざと派手に伸びをしてから、糸が切れたようにだらりとベンチに身を投げ出した。

「サボリてーけど、いま楽すっと出席日数が厳しくなってくるからなー…」

「それって出席日数だけの問題？」

「あ、それ耳痛い」

鋭い切り返しに力なく笑ってみせると、先に立ち上がった祐一がぽんと日夏の肩に手を置いた。無言で窘められて、唇を尖らせながらも仕方なく「ちゃんと出るって」と優等生な返事を返す。

「チャイムには早いけど、僕はそろそろ戻るよ」

昼休みが終わるにはまだ十五分ほどの猶予があったが、五限も専用のカリキュラムが組まれているということで、祐一は早めに戻る必要があるらしい。

「俺はもうちょっと、ぼーっとしてから戻るよ。二人で戻ったら注目の的だしな」

「わかった。うたた寝して寝すごさないよう、気をつけてね」

春になってすでに何回か経験のある前科を祐一は知らないはずなのに、忠言は恐ろしいほどに的を射ている。そういうところも昔と変わらない。

「善処します」

明るく笑った日夏に目を細めてから、ふいに何かに気づいたように祐一がじっと萌黄色の瞳を凝らした。祐一の背負っているオーラが少しずつ色を失っていくような気配がある。

ややして零された感慨に、日夏は思わず眉を顰めた。

「――愛されてるんだね」

「へ？」

「首筋のここんところ。ポツンと浮いてる黒い点は『貞淑《virtuous》』の効果でしょう？」

祐一が自分の首を傾げて、その痕跡《こんせき》があるらしい箇所を指差して見せる。つい先日、古閑にも似たようなことを言われたのを思い出して、日夏は怪訝《けげん》げに首を傾げた。

「貞淑って…？」

「あれ、知らない？　秘薬の一種だよ」

（秘薬……？）

ウィッチだけが生成可能な薬物類を、時に「秘薬」と称することがある。その薬効もさまざまなのだが、おもにあまり誉められた用途に使われないような薬類を一般にそう呼ぶことが多い。

祐一によれば『貞淑』は恋人や夫婦間で用いられることが多く、その名のとおり貞淑を誓って互いに服用するのが一般的なのだという。服用後、すぐに相手の体に「証《あかし》」としてキスマークを残すと、その相手以外の唇がその身に触れた場合に、貞淑の誓いが破られたことをパートナーに知らせる作用があるらしい。効力は二週間ほどで、その他の副作用は一切ないのだという。

「禁制すれすれの薬だけどね。そうか、君の了承を取っての使用じゃないんだね。じゃあまずかったかな…。でも、それだけ君のことが心配でしょうがないんだと思うよ」

祐一の言葉に、日夏は静かに頭を振った。

「……たぶんそうじゃねーよ」

(特定者以外の唇がって——要は浮気探知機じゃねーかよ、それ…)

古閑に首筋を舐められたのも、一尉には筒抜けだったというわけだ。あのタイミングで携帯が鳴ったのもその証拠だろう。意味不明だった古閑への伝言も、そう考えれば納得がいく。

何のためにそんなことを——?

いくら考えても答えが一つしか思いつかなくて、日夏はにわかに表情を強張《こわば》らせた。

言葉で態度で、そう示してくれていたサインはすべてフェイクだったのだろうか?

(おまえ、俺のこと信じてるって言ったじゃねーかよ…)

それを信じて、喜び勇んでいた自分がまるで道化のようだ。実際は知らぬ内にそんな薬を飲まされ、ずっと監視されていたのだから。

自分だってあの日からは、言葉で態度で素直な気持ちを表現してきたつもりだったのに、その全部が徒労だったかもしれない事実に日夏は無言で唇を噛み締めた。

俯いた日夏を気遣うように、セピア色のスラックスが片膝を折る。

「せっかくだから……みようか」

柔らかな呟きを掻き消すように、突風がざわざわと木立を揺らした。うるさいほどの葉擦れに紛れ、

聞こえなかった言葉を補足するように祐一の手が日夏の指をすくい取る。

(せっかくだから、試してみようか――?)

気づいた時には曲げた中指の第一関節に、祐一の唇が落とされていた。

「――」

声もなくその一部始終を見守っていた視界の真ん中で、揺れる木々をバックに祐一がゆっくりと立ち上がる。また激しい突風が吹き荒れた。掻き乱されるボルドー色の髪を片手で押さえながら、祐一が俯きがちに口を開く。

スローモーションで動く唇。風に飛ばされた木の葉が、その合間にいくつも左から右へと無為に流されていった。また切れ切れの余韻だけを残して、鳶色のブレザーが踵を返す。

ほんの一瞬だけ垣間見えた祐一の表情が、日夏の瞼に焼きついて離れなかった。どこかに痛いものを抱えているような、苦しげな微笑み――。

『君がそんな顔してると僕までつらくなってくるよ…』

強風に千切られて宙を舞っていた言葉の断片が、風がやむにつれ少しずつ、時間をかけて空から降ってくるような気がした。その一つ一つを掻き集めながら、日夏は空虚になりかけていた瞳を雑木林の向こうへと据えた。

『薬効のおかげで君の居場所も彼にはわかるはずだから。きっとすぐに現れるよ』

祐一の言葉どおり、一尉はほどなくして姿を見せた。

柔らかい土を上履きで踏み締めながら、墨色のスラックスがゆっくりとこちらに向けて歩いてくる。その歩みが目前で止まるのを待って、日夏は抑えた声を低く吐き出した。

「――こんなモン、いつの間に仕込みやがったんだよ」

「先々週の終わりだったかな。食後のお茶に少し細工を、ね」

「俺に何の説明もなく？」

「説明したら君は了承しないだろう？」

（あたりまえだ…っ）

感情に任せて激昂《げっこう》したところで事態は何も解決しない。喉もとまで出かけた憤りを苦労して飲み込んでから、日夏はさらに声のトーンを引き下げた。

「どういうことか説明しろよ」

上げる気にならない視線を向かい合ったブレザーの金ボタンに留めたまま、静かに一尉の釈明を待つ。この場をどう取り繕う気なのか、息をつめて覗っていると一尉が細い嘆息を零した。

「どういうも何も、これが結果なんじゃないの」

「結果…？」

思わず上げた視線の先で、アルカイックスマイルが風に流されるように消えていった。

「こんな人気のない場所でキスを許すなんて、君には俺の婚約者だという自覚が足りないよ」

「――…っ」

静かな声音が告げた言葉に、日夏の瞳がこれ以上ないほど見開かれる。

冷めた眼差しに感情の温度は感じられなかった。さっきまではあんなに快く感じていた葉擦れの音も、いまはもう寒々しくしか聞こえない。

「君に触れていいのは、俺だけなんじゃないの？」

色褪《いろあ》せた表情が淡々と紡ぐ声も、どこか物悲しい北風のような響きを持っていた。

「何言ってんだよ、おまえ…」

眇めた視線を正面からぶつけても、藍色の双眸は微動だにしない。ともすれば呼吸に色さえつきそうな冷気が辺りを取り巻いている気がした。

「君は、俺の物なんじゃないの？」

一尉が言葉を発するたびに、周囲の温度がさらに下がっていくような錯覚——。そんな幻想を打ち破るために、日夏は腹の底から声を絞り出した。

「ああ、とっくにおまえのモンだよ…ッ」

遠くの方で鳴っているチャイムが、緩やかな風に乗って聞こえてくる。その余韻を意識の端で捉えながら、日夏は肺の底に溜めていた息を少しずつ外へと吐き出した。

黙り込んだ日夏に同調するように、口を噤んだ一尉との間に沈黙が流れる。近くの梢《こずえ》から鳥が飛び立つ音、絶え間ない葉擦れ、耳もとをすぎる風の旋律。それだけが世界に在る音だった。

「……おまえはけっきょく、俺を信用する気は端《はな》からないんだな」

長い逡巡の末、ようやく吐き出した日夏の言葉に一尉はゆっくりと頭《かぶり》を振ってみせた。

「信用したいと思ってるよ。でもそうさせてくれないのは君の方じゃないか」

（何だよ、それ……）

噛み合わない会話の歯車がどこにあるのか、それすらも見当がつかなくて途方に暮れる。疲弊した眼差しを持ち上げると、日夏は怜悧な面差しをじっと見つめた。

「おまえは俺に何を求めてんの…？　どうすれば信じる気になんだよ…」

合わせた瞳の奥に冴《さ》え冴《ざ》えとした冷たさを孕んだまま、一尉がわずかにその輪郭を歪ませる。

「君を、なくしたくないだけなのにね」

それがきっかけだったように一尉の表情に感情の変化が顕れるようになった。

押し殺していた気持ちが溢れ出すのを堪えるように、薄い唇が噛み締められる。気持ちは同じはずなのに、数値で言えば釣り合いそうなほどに一尉の恋情を見て取れるのに。

（どこで食い違ってるんだろう？）

ふらつく体を立ち上がらせると、日夏は一尉の襟もとをつかんだ。

「俺が好きなのはおまえだけだって、何度言やいいんだよ。言葉も体もまだ足りない…？」

震える声を吐息とともに吐き出す。

「なあ、これ以上何が足りないって言うんだよ…っ」

こちらに伸ばされかけた腕が、思い直したようにゆっくりと力を失う。

「……全部が足りないよ。俺は君のすべてが欲しいんだ」

ややして返された言葉が、日夏にとっては何よりの答えに思えた。

届かない言葉を伝えることに、報われない思いをぶつけることにどんな意味があるだろうか？

（ないんじゃねーの、意味なんて…）

自問に返る自答が虚しくて、日夏は襟もとをつかんでいた手をパタンと落とした。かけられる言葉も、伝えたい気持ちも、いまはもう思い浮かばない。ただ時間が欲しかった。

「俺とおまえ、いろいろ考え直した方がいいのかもしれないな」

「――そうかもしれないね」

一尉の静かな同意を最後に、足早に脇をすり抜けてその場を立ち去る。

その日から、日夏は代官山《だいかんやま》の家には戻らなくなった――。

6

着の身着のまま、古閑の家に転がり込んだのが月曜の夕方。

鍵《かぎ》はまだ持っていたので主《あるじ》の不在に上がり込むと、日夏はかつて使っていた部屋を再び私物化し、古閑との同居生活を一方的に再スタートさせた。

「って、あれ?」

連絡の一つも入れなかったので、夜になって帰ってきた古閑は日夏を見るなり一瞬目を丸くしたが、すぐに得心した顔で「なるほどね」と独りごちた。世話になるからにはと、だいたいのあらましは夕食時に話したのだが古閑は大した驚きも見せず、あっさりと日夏の存在を許容した。

「俺はべつに構わねーよ。好きなだけいれば?」

「サンキュ。荷物とかほとんどこっちだし、たぶんそんな不都合ねーと思うんだけど…」

「あー、俺が女連れ込めないってことくらいね」

「——おまえは連れ込まれるの専門だとか前に言ってなかったっけ?」

「ハッハ、最近はそうでもねーのよ? にしても、俺の知らないところでずいぶん盛り上がってたんだなぁ。すっげー乗り遅れた気分なんだけど」

「言ってろよ」

勝手知ったる気安さでリビングのソファーに寝転ぶと、日夏はデリバリーの中華で膨れた腹を宥めつつ、古閑に借りばかりが溜まっていく現状を少しだけ憂えた。気持ちの貸し借りはまだしも、本日の夕飯のようにこのままツケが溜まっていくようなら少し対策を練らねばならない。だがそこまで考えてから、今後の見通しがまるで立っていないことに気づく。

（いつまでここにいんだろーな、俺…）

好きなだけいろよと言われても、椎名からの諸経費はもう一尉の方に回されているのでそうそう古閑の言葉に甘えるわけにもいかない。貯金というものは本当にいざという時に必要になるんだな…と心底実感しながら、日夏は今度は己の口座の悲しくなるほどの残高を憂えた。

（とりあえず寝て起きて、またそれから考えよう）

——と思い続ける内にあっという間に二日がすぎた。

学校へは古閑の家から登校を続けたので一尉と顔を合わせることも何度かあったけれど、言葉が見つからず視線を逸らして擦れ違うことしか日夏には出来なかった。一尉の方から声をかけてくることもない。言葉も、視線も交わさないまま。

（どうすればいいんだろう……）

日に日に増えていく灰色の不安が、日夏の胸を端から順に塗り潰していく。

このままじゃいけないと気持ちは焦るのに、交わすべき言葉も取るべき手段も思いつかないのだ。

祐一の前ではなるべくいつもの自分を装っていたつもりだったけれど、内面の変化をあの聡い幼馴染みはとっくに察していたのだろう。

「今日は午後から空きになったんだ。よかったら外にゴハンしにいかない？」

午後も通常どおりの授業が控えていた日夏にとって、その誘いは「サボりの勧め」に他ならなかった。優等生が身上の祐一からそんな言葉が出たことよりも、それほどに落ち込みが隠せなくなっている自分に日夏は自嘲を隠せなかった。

一尉と日夏の間に変化が顕れたことを察した野次馬たちが囁く噂も、このところ日に日に辛辣《しんらつ》で下世話な物と化してきていたのだ。意識せずとも耳に入ってくるそれらの情報に、少しずつ磨耗していく神経を心許《こころもと》なく思っていた矢先のこと——日夏はありがたくその誘いに乗った。

「いく」

「奢るよ、少し遠出しようか」

かくして午後の授業を自主休講すると、日夏は祐一と二人、昼下がりの電車で都心に向かった。

だがほどなくして到着した目的地が都内でも有数の高級ホテルだったことに、日夏は少なからず面くらった。祐一の知り合いがシェフをやっているというそのレストランもホテルの看板とされる名の通った店で、高層からの眺望が楽しめることが何よりの売りになっているのだという。

ロビーのある階まで上がってから、さらに最上階までエレベーターを乗り継ぐ。扉が開くとそこには別世界の光景が広がっていた。

「う、わあ…！」

大きなガラスの嵌《は》められた壁がぐるりと周囲を取り囲んでおり、そこから見下ろせる三六〇度のパノラマはまさに絶景だった。今日の空が青く澄み渡っているから、なおさらの眺望なのだろう。

エントランスで祐一が名前を告げると、すぐに中へと通された。こちらもガラス張りになったオープンキッチンを横目に突きあたりの角を左に折れる。慣れない高級感にドギマギしながら、日夏は案内された窓際の席に腰かけた。ここからの眺望は先ほどとはまた違う角度からの風景を楽しませてくれたが、日夏にとって一番の驚きは開いたメニューに示された内容の方だった。

「これ、すげー高いんじゃねーの…？」

高校生の昼食にしては破格の値がつくだろうランチメニューに日夏が目を白黒させるのを楽しげに眺めながら、祐一は秘密を明かすように口もとに人差し指を立てた。

「本当はね、僕の奢りじゃないんだ。その知り合いがご馳走《ちそう》してくれるんだよ」

「で、でも俺までいいの？」

「もちろん。それが先方の望みでもあるし…」

「え？」

「ううん。前菜はビュッフェスタイルだから好きに選べるんだよ。取り放題だけど、ここで無茶するとメインが入らないから気をつけてね」

インスタント物など、このところずっと粗食が続いていたので日夏はそれを聞いただけでも胸と胃が期待で高鳴るのを感じた。実際に食事がはじまって痛感したのは、祐一の忠告がなければ自分は間違いなく前菜だけで満腹になっていただろうことだった。

　メインを楽しんでやゃしてから、デザートのためにまた席を移る。そこでもビュッフェスタイルで展開されていたデザートメニューに、日夏は内心だけで嬉しい悲鳴を何度も上げた。

（俺、いまなら嬉し死に出来るかも……！）

　各種ケーキをきれいに皿に盛りつけてからテーブルに持ち帰る。ドリンクメニューを頼んだだけで腰を上げなかった祐一が、それを見るなり微苦笑を浮かべて首を傾げた。

「日夏は甘い物も好きだよね。僕はもう入らないな」

「スイーツは別腹、別腹」

　食後の時間をのんびりと楽しめるように設定されているのだろう。ジャズの生演奏が静かなＢＧＭを添える中、日夏は二枚目の皿をまたケーキで埋めるといそいそと席に戻ってきた。

　その日夏と入れ違うようにして「ちょっと失礼」と、バイブで着信を告げている携帯を片手に祐一が席を離れていく。その背中を見送りながら、日夏が二個目のチョコレートケーキにフォークの側面を差し入れようとした、ちょうどその時。

「――――！」

　よく知った気配がこの階に踏み込んでくるのを日夏は感知した。

（何でこんなところに……）

　エレベーターを降りたその気配は最初の角を曲がると、オープンキッチンの傍らをゆっくりとした

手つかずになったケーキを前に日夏が重く沈黙するのを労《いたわ》しげに見つめながら、祐一は「もう出ようか」と控えめに絞った声量で告げた。

頷きながらふらりと立ち上がった華奢な背に、祐一の手が添えられる。

ちょうどビルを一周し終えた形でエントランスに戻ると、さっきまでは爽快《そうかい》でしかなかった眼下の風景がいまは足もとが覚束ないような、焦燥と憔悴《しょうすい》とを煽る物に感じられた。眺望に背を向けてエレベーターを待つ。音もなく開いた扉に身を投じると、日夏は青空を視界に入れたくなくて目を瞑った。

抱き寄せた祐一の腕が柔らかな赤毛を自身の胸もとに押しあてる。

「君には、僕の知ってるすべてを話すよ――」

静かに閉じられた扉が、ほんの束《つか》の間《ま》二人を世界から隔絶した。


祐一によれば、一尉を巡っての確執が『佐倉』と『吉嶺』の間にはいまだに根強く残っているのだという。何よりも今回の婚約自体、佐倉にとっては寝耳に水だったらしい。吉嶺に出し抜かれた形で面目を潰された佐倉は、一尉を自分たちの支配下に引き戻そうと躍起になっているのだという。

「今月に入ってから、彼には新たな縁談が持ち込まれていたみたいだね」

「縁談…?」

「そう。君と縁談とを秤《はかり》にかけてるんだって、そういう噂が流れはじめたのが五月中旬だったかな。

そのせいで正式な婚約をわざと遅らせてるんだって」

古閑の家へと向かうタクシーに揺られながら、日夏はぼんやりとした視界を車窓からの風景で埋めることに従事していた。

信号が赤になり、賑《にぎ》やかな交差点の手前で車体が止まる。横断歩道をわたりはじめる雑踏の声が車内にも届いているはずなのに、日夏の耳には祐一の声だけがクリアに聞こえた。

「ただの噂なんだろうと思ってたよ。事実無根な話がまことしやかに語られるのがこの世界の日常だからね。それでも君に関することだから、ずっと気にはなってたんだ。だから金曜日に初めて会えた時、彼に直接訊ねてみたんだよ」

「そしたら…?」

「彼は君のことしか目に入ってないって、噂はあくまでも噂でしかないって僕に明言してくれたよ。その時の眼差しがとても真摯で熱を持っていたから、僕は彼を信じてもいいって思ったんだよ。彼になら君を任せられる、ってね。——…なのに」

そこで言葉を切った祐一の視線を追うと、沈んだ眼差しは組んだ両手の指に据えられていた。

青に替わった信号が静かに車体を発進させる。緩やかなGが日夏の背を後部座席のシートに押しつけた。

「彼が今日連れていた女性は『菱沼』家のご令嬢だよ」

「菱沼、って…」

「うん、君も弟の方とは面識があるんじゃないかな。彼が婚約するならその第一候補は彼女だろう、とずっと囁かれていた人だよ。彼女自身もグロリアに籍を置いてるけど、体が弱くてほとんど登校はしていないみたいだね」

「……祐一は詳しいんだね」

「僕なりに調べたんだよ。君の様子がおかしいことに気づいた、火曜の朝からね」

（やっぱり祐一には隠せないな…）

自分のカラ元気が最初から見通されていたことを知って、日夏は苦く口もとを笑ませた。カラクリが見破られていたのなら、この数日の自分の様子はさぞ痛々しく、滑稽《こっけい》に見えたことだろう。

「佐倉としては彼女との婚約が一番望ましいことなんだろうね。今月組まれた縁談も彼女とのものだって噂だし、彼も日夏に会うまではこの話に乗り気だったたって聞いてるよ」

「へえ…」

「もしかしたら連休中から、彼は家を空けることが多かったんじゃないかな」

「………」

祐一の言葉に日夏はキュッと下唇を噛んだ。

実家に用事があるから、と夜になっても家に帰ってこなかった日は両手の指で数えられるほどあった。帰宅時に香水の移り香を纏っていたことも何度かある。叔母の香水が移ったのだという一尉の言い分を鵜呑《うの》みにしていたけれど。

（あれは嘘…？）

一尉に縁談があるらしいという噂も、日夏自身、耳にしたことはあるのだ。あれは連休が明けてすぐのことだった。クラスメイトらが囁いていたその流言を直接質した時も、一尉は笑って「そんなの根も葉もないデマだよ」と断言してくれたのに。

（それも、嘘……？）

「――本当はね、あの二人を見かけるのもこれが初めてじゃないんだよ。金曜から汐留《しおどめ》のホテルに滞在してるんだけど、日曜の夕方にも連れ立ってるのをあの付近で見かけたよ。それに、今日は…」

言いかけながら先を言いよどんだ祐一に、日夏はゆっくりと視線を向けた。

続く言葉が何かの導火線だということは、祐一の抑えた声音からも察せられる。これ以上は聞かない方がいいのかもしれない、理性の警告を聞きながらも日夏はそれを無視することにした。

（悪いニュースならまとめて聞いた方がいい、から）

合わせた視線で導火線に火を点《つ》ける。祐一の眼差しが、物憂げな調子で窓の外へと逸らされた。

「エントランスで会った時、彼の手には客室のキーが握られていたよ」

「そー…なんだ」

直後、急速に聴覚が戻ってきた。前方で鳴らされるクラクションの音がやけに耳につく。

それからもう一つ、ダクダクと耳障りな音。何だろうこの音は…？　とややしばらく考えたところで、日夏はそれが自分の鼓動であることに気がついた。

「そっか、そーいうことか…」

どれが嘘でどれが真実だったとしても、一つだけ確かで揺るぎない現実が目の前にある。

一尉が誰と、何をしようが、自分にはもう口を出す権利はないのだ。

日夏はその権利を一昨日、自ら放棄してしまったのだから。

(おまえの考え直した結果があれってことなんだろ…?)

さっき目が合った時もまるで他人のような風情だった。何の感情もなく逸らされた瞳。

藍色の眼差しが注がれるべきはもう自分じゃないのだと、そう言われているような気がした。

ブレザーのポケットで携帯が鈍い振動をはじめる。緩慢な所作で取り出した液晶には一尉の名前がスライドしていた。

(最後通牒《つうちょう》でも聞かせる気かよ…)

目を瞑ると何度でも、瞼の裏に無表情な一尉の瞳が甦る。

あんな目を見せられた後に、いったいどんな言葉をかけるつもりなのか。冷徹な眼差しのリフレインに耐えかねて、日夏は着信を切ると電源をオフにしてポケットに戻した。

切り捨てられるという選択肢を、この時になるまで一度も考えたことのなかった自分のおめでたさ加減がいっそ笑える。——いや、それこそが真っ赤な嘘だ。

こんな事態を何より恐れ、自分はずっとそこから目を逸らし続けていたのだから。

(そうだよな…)

一尉ほどの地位と身分を持った男が、わざわざ自分のような問題だらけの半陰陽を娶《めと》る必要がどこにあるだろう？　『椎名』に入り婿するメリットだって、一尉の経歴や能力、叡智《えいち》からすれば取るに足らないものだと言える。

分不相応、エリート街道の汚点、一時の気の迷い……。菱沼に指摘されるまでもなく非公式のお披露目以降、散々言われ続けた台詞のどれもが本当は胸に深く突き刺さっていたのだ。自覚した途端に、そのすべてが容赦ない痛みを発しはじめる。

（一尉の気が変わったら、そこでおしまい――）

根底にあるその不安に駆り立てられるように、日夏は一尉からの信頼をずっと欲していたのだろう。何よりも一尉の気持ちを信じたいがために…。慣れない家事に乗り出し、自己の存在をアピールしていたのもいま思えばその一環だったのかもしれない。寝ても覚めても、胸のどこかでずっと燻っていた焦燥の正体をようやく知って、日夏は手遅れすぎる認識に視野を滲ませた。

（で、ここで終わりってことか）

瞬きで散った涙が、パタタ…とスラックスにいくつものシミを作る。無言で差し出されたハンカチを受け取ると、日夏は濡れた頬にコットン地を押しあてた。

後から後から溢れる涙がハンカチでは追いつかずに顎を伝い、首筋までを濡らしていく。それを流れるままにしながら、日夏は潤んだ視界で車窓からの風景をひたすら眺めた。

「――君がそんなふうに泣くのを、僕は初めて見たよ」

言われてみれば祐一の前では、涙を見せたことがなかったのを思い出す。

泣くことは日夏の中で敗北を意味していたから。神戸時代もこちらにきてからも、こんなふうに人前で涙を流したことは一度しかない。

その一度で泣ける強さを教えてくれた人はもう、日夏の隣にはいないのだ。

（きっと、二度と戻ってこない）

そう思うと止まらない涙が次々に零れて制服を濡らした。

正直こんなにも早く、一尉が心変わりするとは思っていなかった。もしかしたらまだ残り火程度には自分を思ってくれていた熱が残っているのかもしれない。でもさっき見た光景が一尉の出した答えだというのなら、受け入れることだけが自分に出来るすべてだ。

こんなことになるくらいなら、もっと感情を剥き出しにしてぶつければよかった。自分の細胞にどれだけあいつが刷り込まれているか、切り刻んででも見せればよかった。

（遅いよな、もう…）

いまさら何をしたところで、一尉に伝わるものがあるとは思えなかった。

「っ、く…」

静かにしゃくり上げはじめた肩を引き寄せられて、祐一の両腕に抱き竦められる。肩口に額を押しあてながら、日夏は祐一のシャツやタイにも止まらない涙の雨を降らせた。

「彼に出会って、君はもっと幸せそうに笑ってるんだと思ってたよ…」

苦しげな声がそう告げるのを、鳶色のブレザー越しに聞く。

返す言葉が見つからなくて、日夏はただじっとその腕の中にいた。緩やかな停止と発進とをくり返す車体に揺られながら、いくつめの信号を超えた頃だったろうか。

「僕だったらぜったい、泣かせないのに」

言いながらきつく抱き締められて、その腕のあまりの強さに日夏は一瞬、呼吸を忘れた。

(あ、ダメだ……)

温もりや衝動に流されたくなる前に、これだけは言っておかなければならない。

「ゆうい、ち…」

身じろいで腕の拘束を緩めさせると、日夏は俯いたまま首を振ってみせた。これ以上言葉を重ねられる前に、自分の結論を伝えなければいけない。涙を拭いながら日夏は掠れた声で決意を伝えた。

「俺は、祐一の気持ちには応えられない」

三年前よりももっと以前から、祐一の胸にはずっと恋情が根づいているのだろう。

だとしたら自分は祐一の思いをきちんと拒まなければいけない。自分の中で恋愛のカテゴリーに入るのはあいつだけなのだ、と。たとえそれがもう終わった関係だとしても、悲しいくらい変わらない
その事実を告げて。

「俺、いまでも祐一のこと大好きだよ。でもそういうふうには見られない。だから…」

「――うん、わかってたよ。それにいまさらだよね、こんなの」

ポンポンと宥めるように肩を叩かれて、日夏は涙で濡れた視線を上げた。

穏やかさの中にけして取り除けない痛みを孕みながら、それでも笑ってくれた祐一に日夏はまた新たな涙を溢れさせた。

「ごめん…」

「どうして謝るの？　日夏は悪いことなんてしてないよ」

「で、でも…」

嗚咽《おえつ》で声が裏返りそうになるのを堪えながら、鳶色のブレザーの裾をつかむ。

日夏の前で祐一はずっと「兄」の仮面を被っていたのだろう。胸の内にある思いを押し殺しながら、そのスタンスをずっと守ってくれていたのだ。日夏がその立ち位置を望んだがために。

「大丈夫。三年前もいまも、日夏は何も悪くないよ」

落ちついた声音が優しく告げるのを聞きながら、日夏はさらに涙で視界を歪ませた。子供のように泣きじゃくる背を優しくあやしながら、祐一が「ありがとう」と小さく囁く。

「これでようやく、君を思いきれるよ――」

続いた囁きはまるで解放の呪文《じゅもん》のようにも聞こえた。

(ごめん、祐一…)

規則的に背を叩く祐一の手は日夏の涙が止まるまでの間、華奢な肩にずっとささやかな温もりを与え続けてくれた。

「――なるほど、クロかもって話ね。まったく、八重樫がいねーと情報戦は痛いよなぁ…」

玄関に入るなり聞こえてきたのは、リビングで誰かと話している古閑の声だった。相手の声が聞こえないところをみると電話なのだろう。

(今日は一日サボりだな、あいつ…)

祐一とはつい先ほど、マンションの下で別れたばかりだ。陽はまだ沈むほどには傾いていない。感覚の鈍った足を上げてローファーを脱ぐと、日夏は重い足取りで短い廊下を進んだ。リビングとを隔てる扉に嵌められた曇りガラス越しに、古閑の猫背な影が見える。

「どのみち、おまえは動けないんだろ？　とりあえず俺が探り入れてみるワ。んー」

じゃなーと古閑が携帯の向こうに別れを告げたところで、日夏はガチャリとドアノブを回した。

「おっかえりー…て、おお？」

日夏の赤く腫れた目もとを見るなり、古閑がもたれていた壁から背を浮かす。

「どーしたよ、それ。つーか誰に泣かされたわけ？」

「フラれてきた、一尉に」

「は？　……って、ええッ？」

心底驚いたように叫んでから、古閑がなぜか通話の切れた携帯をまじまじと見つめる。

古閑のパフォーマンスには目もくれず、日夏はソファーに鞄を放るとすぐに洗面所へと向かった。ハンカチや手の甲で何度も擦ったから、目もとはひどい有様だった。冷水で何度叩いても赤みの引かない顔を両手で押さえながら、今日はこのまま寝てしまおうかな…とぼんやり思う。

起きていても考えるのはあいつのことばかりだ。だったらさっさと寝て夢の世界へ逃げ込んだとしても、今日くらいは神様も許してくれるだろう。

（いまはもう、何も考えたくない…）

タオルでおざなりに水滴を拭ってから、片手でタイを緩めつつリビングに戻る。すると日夏が放った鞄の傍らに、古閑がいつになく神妙な顔つきで足を組んでいた。部屋に戻ろうと鞄に伸ばした手を古閑につかまれて、仕方なく立ったまま目を合わせる。

「何だよ…」

「詳細、聞かせろよ」

無遠慮な詮索に一度だけ顔を顰めてから、日夏は吐き捨てるように結果だけを告げた。

「あいつが心変わりした、そんだけだよ」

このうえないほどに簡潔な結果——これ以上の事実はない。だが古閑は引き下がらなかった。一ミリも表情を変えずに、へーえと感心したような呟きを漏らす。

「鴻上に何か、吹き込まれたんじゃねーの？」

「……古閑には関係ないだろ」

わざと低めたトーンでこれ以上の追及を拒む。けれど古閑はなおも食い下がった。瞳がわずかに眇められて、柳眉がそれに沿ったアーチを描く。

「鴻上は恐らくクロだよ。向こうの陣営所属、『佐倉』側のな」

「え…？」

「あいつにいろいろ言われたんだろ、それでおまえは一尉に見限られたと思い込んだ——違うか？」

（祐一が、クロ……？）

瞬きを忘れた日夏にシニカルな笑みを見せると、古閑は背もたれに肘《ひじ》をつき頬に指を添えた。そこでようやくつかんでいた手を放されるも、立ち去るという選択肢はもう自分の中になかった。

（どういうことだよ…）

何もかもを見透かしたような蛇の睨みを目もとに湛えながら、古閑は淡々とさらなる追及を続ける。

「一尉が心変わり、ね。なら訊くけど、あいつが一言でもおまえに言ったのか？　別れようってさ。気持ちが変わったからもうつき合えませんって、直接あいつの口から聞いたのかよ」

「聞いて、ない…」

考えてみれば一尉の言葉を日夏は一言も聞いていなかった、あの日から一度も。ただ揃ったカードがどれも有罪を示していたから、日夏はそこから裁定を導き出したのだ。

だがそのほとんどは、祐一の懐から出てきたカードではなかったろうか？

（あ、れ——…？）

日夏が自身で手にしたカードは二枚。一尉が菱沼の令嬢を連れていたこと、それから日夏と目が合っても一尉が何の反応も示さなかったこと――。

「だってあいつ、俺のことなんてまるで他人みたいに目ェ逸らして…」

「それに理由があったとしても？　おまえはあいつの言い分を聞かずに一人で結論出すのかよ」

「で、でも、秘薬だって俺に内緒で…！　つーかおまえ、あれ知ってたんだろッ」

「あー知ってたよ、確かにアレは過剰防衛な気もするけどな。そんだけおまえの身を案じてたとも考えられるぜ？　まあ、おまえを信用してないとも取れるんだけどな…」

「だったら…！」

「人のこと言えんのかよ。あいつのこと、一番信じてねーのはおまえだろ？」

「――――…っ」

古閑の言葉に呼吸がつまる。

それを正常に戻すまでに数秒かけてから、日夏は肺に残っていた息を細く細く吐き出した。

「反論あるかよ」

ダメ押しするような静かな声音が耳に響く。力が抜けたようにその場にしゃがみ込むと、日夏はただ開いているだけの視界にクッションのグラデーションを留めた。

（反論、なんて）

一言も思い浮かばなかった。

何を言われても疑いから入る癖が、いつの間にか身についてはいなかったろうか？　あいつの言葉や態度、何もかもを信じていなかったわけじゃない。それでも肝心の部分ではいつも、目を逸らしていたような気がする。いつかくるかもしれない見限られる日に備えて——。

（信じてもらえない苦しさは俺が一番わかってたはずなのにな…）

どれだけ思われてるかあれほど示されていたというのに、信じきれていない自分がいたことに日夏はいま初めて気がついた。言葉も気持ちもこんなに捧《ささ》げてるのに何が足りないのかと、三日前に問うた自分の姿が瞼に浮かぶ。それはそのまま一尉の感慨でもあったのだろう。

どうすれば信じてくれるのか、と——。

呆然と瞬きを忘れた日夏の額に、古閑の指先がトンと押しあてられた。

「ってことでこれは教訓な。信頼に返るのが信頼なんだぜ？　まあ、あいつもその辺わかってねーとこあんだけどな…。だからさ、まずはおまえが信じてやれよ」

クッションからゆるゆると持ち上げた視線を、柔らかく笑んだ吊り目に出迎えられる。

「落ち込むにはまだ早ェーだろ？　もう一度あいつに正面からぶつかってこいよ。それでもフラれたってんなら俺が全力で慰めてやっからさ」

その時は手取り足取り腰取り…とそこは真顔で続ける古閑に、日夏は思わず口もとを緩めた。

「腰は取らせねーよ」

「なんだよ、夢くらい見させてくれたっていいだろ？」

こんな時まで軽口を忘れない友人に苦笑を浮かべながら、日夏は「サンキュー」と低く呟いた。

（ったく、何度スタート地点を間違えりゃ気が済むんだろーな…）

自分を信じないやつの言葉なんて誰が信じるだろう？　言われてみればこれ以上の道理なんてない気がした。あいつの言葉も聞かずに出した結論なんて何の意味もない。

水で冷やしてもなお、赤く腫れた頬がヒリヒリと痛かった。――この痛みこそが自分の思い、そしてこの思いこそが出発点だ。

「日夏の泣き腫らし顔とかあまりにレアだよな。携帯の待ち受けにでも…」

「ワンショット五千円取るぞ」

「ハハッ、それくらいの価値はあるかもな。俺も日夏を泣かしてみてーもんだ」

「おまえじゃ無理だね」

「あら、一尉だけの特権ってわけ？」

古閑には緩い笑みだけを返すと、日夏はゆっくりと立ち上がりスラックスの膝を叩いた。ヒリつく思いをもう一度ぶつける勇気はこれで装填《そうてん》できた。後はこれをいつ撃ち放つかだ。

頼りなげに揺れていた藍色を思い出す。信じきれないのが弱さだとしたら、一尉の中にも同じ不安がひしめいていたのだろう。そんなところだけ天秤が釣り合っていても仕方がないというのに。

「さっきの電話って、もしかしてあいつ？」

「そ。おまえに見られたからってＳＯＳがきたわけだ。――ついでに種明かししちまうと、あいつは好きであの場にいたんじゃねーよ。まあ弱みを握られてるようなもんだよな」

「弱み？」

「一尉の弱みが何かくらいは言わなくてもわかるだろ？」

「俺、か」

「向こうとしちゃ、おまえが一番の障害なんだからさ」

（それで沈黙だったってわけか…）

連休明けからこっち、ずっと胸の隅に根を張っていた疑問がこれで解決出来た気がした。

自分が一尉の弱みだと考えれば腑《ふ》に落ちることも多い。詳細を明かしてもらえなかったのも、蚊帳の外に置いておこうとしたあいつの魂胆も。

「しっかし、おまえを守るためにあいつが打った手はけっきょく全部裏目に出たなー」

「それって『貞淑』も…」

「その内の一手だろ。相手が本気じゃ確かに慎重にもなるわな」

（何だ…べつに浮気を疑われてたわけじゃねーのか…）

一番深かった疑いの根が、いまようやく千切れて風化していった。

「とりあえず佐倉側の動きについては八重樫に向こうから探ってもらってるよ。こうなってくるとあいつが急に通訳に抜擢《ばってき》されたのも、きな臭いんだけどねー」

古閑の口ぶりから推すに『佐倉』は一筋縄ではいかない相手なのだろう。

ライカンでは最大派閥を誇る名家だ。それも当然か――。

（本当に何も見えてなかったんだな、俺…）

隣に立っていたって見る角度が違えば何もかもが変わってくる。ともに暮らしていても、一尉には
まるで違う風景が見えていたのだろう。

日夏はポケットから携帯を引っ張り出すと、電源をオンにした。

「あいつ、いまどこにいんの？」

「いまは新宿《しんじゅく》からどっかに移動したみたいだな。何かを受け取りにいってるとか何とか…」

「この後、どう動くとか聞いてねーの？」

「さあね。残念ながら俺もそんなに詳しいことは知らねーんだよ。クラスでの鴻上やおまえへのアプローチにさりげなく目を配ってくれとか、その程度の頼みごとしかされてなかったしな」

「それで最近、俺に張りついてたのか？」

「言ったろ、小遣い稼ぎだって。だからあいつがどんな思惑で、最終的にどうする気なのかとかは、も一うサッパリ」

古閑がソファーに背もたれながら両肩を竦めてみせる。

詳細を明かさないのも秘密保持と、古閑の身を思ってのことなのだろう。

月末には片をつける、とあの日一尉は言っていたけれど、はたしてその計画はシナリオどおりに進んでいるのだろうか。それともどこかで不具合が起きている……？

「にしても椎名の次は佐倉で騒動ね。おまえら、この先も起伏だらけなんだろうなぁ」

「――でも、あいつは俺を選んだんだよな」

(俺があいつを選んだように)

家の思惑どおりにはならないまでも、範疇内で動いていればこんな面倒なことには巻き込まれずに済んだはずなのだ。自分を選んだがために、一尉が背負い込んだ苦労はどれほどの物だろうか。明らかにあいつの方が、この婚約を選ぶリスクは高かったはずだ。それを押してまで選ばれる理由がはたして自分にあるんだろうか。

(ある――と、ここは自惚《うぬぼ》れてもいいところだよな？)

誰に何を言われたところで一尉への思いが変わることはない。

捻じ曲がることも、変質することも、色褪せることも、消滅することも。

(それが俺らの強みなんじゃねーの？)

いますぐにでも一尉のところに駆けつけたい衝動をぐっと堪える。ことの全貌《ぜんぼう》がまだ見えていない以上、下手に動くのは禁物だ。足もとをすくわれて好転する事態はない。

「まあ、おまえを選んだ時点でこういう展開があるだろうことは想定内だろ。疎遠になってたとはいえ、佐倉を蔑《ないがし》ろにして動けばどうなるかくらいはあいつもわかってたろうし」

「俺が今日、あいつを目撃したのも誰かの作為ってこと？」

「そう考えた方が自然だろ」

（祐一…）

古閑の言うとおりクロなのか、それとも濡《ぬ》れ衣《ぎぬ》なのか。自分にその判断はつかない。

瞼に残る穏やかな眼差しや笑顔が、少しずつ霧の向こう側へと消えていく。雑木林で見たどこか苦しげな微笑み、痛みを孕みながらも見せてくれたあの笑顔、そのどれも作り物だったのだろうか。

疑いたくはないけれど、疑念の材料が消えない限りこの霧が晴れることもない。

「あ」

ソファーの傍らで立ち尽くしていた日夏の手の中で携帯が新着メールを告げた。その差出人名にわずかに目を瞠ると、日夏はさりげなく古閑の視野から画面を遠ざけた。

「一尉か？」

「いや、実家から」

送信先を偽りながら、手早く開封する。それは先ほど別れたばかりの祐一からのメールだった。

『君にどうしても打ち明けたいことがあるんだ。マンションの下で待ってる』

無題の簡潔なメールに素早く了解の旨を打つと、日夏は「俺、ちょっとコンビニいってくるワ」と足早にリビングを後にした。古閑に怪しまれないよう、布石を打っておくことも忘れない。

「こうしてても仕方ねーし、何か食うモン買ってくる。リクエストは？」

「特になーし」

「わかった、適当に見繕ってくる」

玄関を出た足が自然、早足になる。エレベーターに乗っている間に、日夏は深呼吸を二度くり返した。祐一に直接会って確かめる、これはいいチャンスだ。

（メールの本文からすると、深いところまで聞き出せるかもしれない）

たとえ祐一が佐倉の思惑で動いているのだとしても、きっと何か弱みを握られているのだろう。なぜそんな構図に至ったのか、その経緯にも興味はあった。

——だからこれが罠《わな》だなんて、日夏は疑いもせずにマンションを出た。

「祐一？」

人気のない周囲に目を配りながら呼びかける日夏の背後に、素早く一つの影が忍び寄る。

祐一ではないその気配を察した時にはもう、眩暈《めまい》を誘発するような甘い香りに包まれていた。

（まずい、これ……フェロモン系の能力…）

そう気づいた数秒後にはぐったりと全身から力が抜けていた。崩れた体を誰かに抱き止められる感覚。それを最後に、日夏の意識は闇《やみ》の底に落ちていった。

7

目覚めた時、最初に聞こえたのはさらさらとした水流の囁きだった。

何で水の音が…？　と開いた視界に、見知らぬ男の顔がひょいと横から飛び込んでくる。

「ふうん、確かに顔立ちはいいな。これで男じゃなきゃ俺も食ってるところだ」

「……誰だよ、あんた」

覚醒早々に不穏な台詞を吹き込まれて、日夏は眉を顰めながら緩慢な動作で身を起こした。本当は跳ね起きたかったのだが、体のあちこちが重だるく、思うように動かせないのだ。

まだ判然としない意識を抱えながら、日夏は自分が横にされていた室内に首を巡らせた。

趣からして料亭の一室、といった雰囲気だ。さして広くもない六畳ほどの空間は、その面積には似合わぬほどの贅《ぜい》を尽くした内装で固められていた。料亭の中でもかなり高級なクラスに属するのだろう。本来ならこの和室には布団ではなく座敷机が置いてあり、金持ち連中や碌でもない政治家たちが接待や密会に勤《いそ》しみ、季節の料理を囲んでいるのだろう、そんな風情だ。部屋から見える中庭にはささやかな水音で小川がせせらいでいた。

厚手の上等な布団に張られたシーツは絹だろうか。するすると素肌を滑る感触に慌てて己の格好を顧みると、着ていたはずの制服は脱がされ、日夏は薄い襦袢《じゅばん》一枚で布団の上にいた。

「どういうつもりだよ…っ」

少しはだけていた前を合わせながら、シーツの上を後ずさって窓際にいる男との距離を取る。日夏の過敏な反応を楽しげに眺めながら、男は咥えていた煙管《キセル》から外した唇でぷかぷかと白い煙を吐いた。それを二度ほどくり返してから、分厚い座布団の上で組んでいた胡坐《あぐら》を組み直す。

銀杏《いちょう》の葉をくすませたような櫨染《はじぞめ》色の髪に、鉄紺《てつこん》色の瞳はライカンのものだ。

一目で仕立てのよさが知れるスーツが着崩れるのも構わず、男は怠惰な仕種で壁に背を預けていた。派手に整った顔立ちは色男の部類に入るだろう。少しだけ下がり気味の目尻とその上できつい弧を描く眉とのアンバランスさ加減が、どことなく子供っぽい表情を作り出している。薄い唇の右下にぽつんと散ったホクロが、さらに妙な色気をプラスしていた。

見た目だけなら三十代前半にも見えるが、いやに落ち着いた貫禄《かんろく》がその男には備わっていた。その不遜な顔つきにも、尊大な態度にも、日夏には覚えがなかった。

「なるほど、これがあいつの好みの顔ってわけね」

「あいつ…?」

「ああ、初めましてだったたか。息子がいつも世話になってるようで」

「……一尉の親父?」

「そうだよ。君の父親になるかもしれない男さ」

もっともなる気はないんだけどね、と意味深に笑ってから男は煙管を傍らの座卓に置いた。口調のわりにはやけに冷めた眼差しが日夏を流し見る。

「君と一尉とをくっつける気はないんだ。あいつにはもっとふさわしい相手を選んでもらうよ」

「――佐倉の支配下に置くためにか」

「ああ、誰かにそんなふうに説明された？　吉嶺との確執がどうのって。べつにね、そんな大それた話じゃないんだよ。ただ父親としての特権を最大限活用しようと思ってるだけさ」

食えない笑みを浮かべながら男がまた煙管に口をつける。こういう中身のぼかされた会話は苦手だ。吐き出された煙に文字どおり巻かれないよう、日夏は眼差しを鋭くすると詰問を続けた。

「あんたが俺をここに連れてきたのか」

「うん。鴻上くんの携帯をね、ちょっと借りて呼び出してみたんだけど君が単純で助かったよ。疑いもせずに引っかかってくれた。俺のフェロモンにあてられた気分はどうだい？」

「祐一もここにいるのか…？」

「ああ、彼はもうじき到着するんじゃないかな。その前に一つ、君にお願いをしようと思ってね」

「お願い？」

「単刀直入に言うよ。さっさと一尉を諦めてくれ」

眉一つ動かさずにそう告げると、男はまた呑気《のんき》に吸口を咥えながら窓の外に視線を移した。諾否を問うわけではなく了承のみを待っているのだと、その横顔が物語っている。

「イヤだと言ったら？」

「その時は強硬手段に出るだけさ」

あえてその内容は語らず不敵に唇の端を引き上げることで、男は日夏の焦燥に火をつけた。

（ホントにこいつ、一尉の親父かよ…）

そこからしてすでに疑わしくもあるのだが、言われてみれば一尉に通じる雰囲気がこの男にはあった。顔立ちはほとんど被らないのだが口もとに配置されたホクロと、どこか冷めた眼差しは一尉が持っているものとよく似ている。何よりも全身から滲み出るサディスティックなオーラが、あいつが時折見せる一面を髣髴《ほうふつ》させた。

「あんたは何がしたいんだよ。菱沼と縁を結びたいだけなのか？」

「いや、ただの縁じゃないよ。昔の恋をね、ちょっと偲《しの》びたいだけなんだ」

「恋？」

「こう見えても俺はロマンチストでね。数多《あまた》の恋を経験してきたけれど、そのどれも忘れたことはないんだよ。その中でも一番輝いていた恋を息子に託そうとして何が悪い？」

「……あんた、それ本気で言ってんのかよ」

「いつでも本気、が俺の信条でね」

それが本当だとしたら、そんなバカげたことのために自分たちは振り回されていたというのだろうか。いい大人がそんなワガママで子供を困らせていたとでも？

（そんなこと許すわけにいくかよ…ッ）

「――俺はあいつを諦めない。何があってもね」

　秘めた決意を声に滲ませると、日夏はギッと男を睨み据えた。だが視線に漲らせた殺意を物ともせずに、男はへらりと気の抜けた笑みを見せると煙管を片手に立ち上がった。

「君がそう出るだろうことは計算済みだよ。だから、あらかじめ手を打っておいたんだ」

「手…？」

「君が気絶してる間に媚薬《びやく》を打たせてもらったよ、発情誘発剤でもある薬をね。一時間もしない内に君の体は強制的にヒート状態になる。他の男の子供を身ごもれば君も気が変わるだろう」

「な…ッ」

「ああ、安心していいよ。ここは俺が経営する店の一つでね。離れだからどんなに声を上げても、たとえ泣き叫んだところで誰に聞かれる心配もない。好きなだけ乱れるといいよ」

　とんでもないことを立て続けに告げてから、もう用はないとばかりに男があっさり引き戸に手をかける。待てよ、と重い体を持ち上げようとした矢先に、パシン――と勢いよくそれが外側から引き開けられた。煙管を口もとに持っていきながら、男が意外そうに少しだけ目を丸くする。

「あれ、思ったより早い到着だね」

「これはいったい、どういうことですか…」

　聞き覚えのある声に慌てて目を凝らすと、肩で息をする祐一が男の前に立ちはだかっていた。

「日夏には乱暴しない約束だったじゃないですか」

「ああ、それは君が役目をはたしてくれていればの話だろう？　このままじゃ埒《らち》が明かなさそうなんでね、当初の計画に戻したんだよ」

「あなたは勝手すぎる」

「うん、みんなにそう言われるね。自覚もしてるよ。でも直す気はないんだ」

どこまでも子供じみた屁理屈《へりくつ》を使いながら男は横柄に傾けた顎先を上げると、場所を空けるよう祐一に向かって指先のジェスチャーを送る。

「君にこの大任を任せただけでも、ありがたいと思ってもらわなくちゃね」

「大任、ですか」

「張りきってあの子を孕ましてくれよ。朝までかけてじっくりとね。結果、君はあの子を手に入れる。俺は一尉を取り戻す。最初からそういう約束だったろう？」

「……考えを変える気はないんですね」

「気が乗らなければ断ってくれて構わないさ。代役はいくらでもいる。多人数で押さえつけるってのもまた一興だしね。あの子が新しい快楽に堕ちていく様を、俺も見学させてもらおうかな」

「――――」

しばし無言の対峙《たいじ》が続いたのちに、祐一がすっと横に身を引いた。

「じゃあ、後はよろしく頼んだよ」

飄々《ひょうひょう》とした足取りで一尉の父親が出ていった引き戸を、祐一が静かに後ろ手に閉ざす。

口を噤んだまま座敷に一歩踏み入ると、祐一は憔悴した眼差しを足もとに据えた。まだ少し荒い呼吸がブレザーの肩を上下させている。やがて上げた視界に日夏の姿を留めるなり、祐一は痛切な面持ちで表情を曇らせた。

「ごめん、こうなることくらい予測しておくべきだった…」

その場に立ち尽くしたまま、この状況を悔やむように俯いた目もとを片手で覆い隠す。

「祐一はどこまで知ってたの…？」

少し掠れた日夏の問いに、祐一は緩く首を振った。

「——最初から、全部知ってたよ。あの人の魂胆についてはね」

ふらりと傾いだブレザーの背が、閉ざされた引き戸に預けられる。沈痛な告白はなおも続いた。

「連休中にね、電話がかかってきたんだ。君と一尉くんの婚約を破談にしたいんだって。そのために力を貸してくれないかって言われたよ」

「あの親父に？」

「そう。あの人は僕を使って君に心変わりさせる計画を練ってたんだ。もしこの話を受けるんならグロリアでの研修をセッティングするって言われたよ。でも断るんなら——代わりはいくらでもいるって、さっきと同じことを言われたよ」

掌からゆっくりと持ち上げた視線で、祐一が日夏の濃緑色の瞳をじっと見つめる。暗く沈んだその眼差しの重さを全身で受け止めながら、日夏は下唇を嚙み締めた。

「考えるよりも先に返事をしてたね。断って見知らぬ誰かに任が移るくらいなら、僕が内部に入り込んで計画を阻止しようって。たとえ君に拒まれて会えなかったとしても、近くにいれば何か力になれるかもしれないってそう思ったんだ」

空虚だった表情にわずかな苦みを入れてから、祐一が伏し目がちな笑みを浮かべる。

「でも君に会えて、前みたいな時間を取り戻せて……僕はいまさらな夢を見てしまったんだ。君まで取り戻せるかもしれないって――またバカなことをして君を傷つけてしまったね」

みるみる翳っていく瞳を見つめながら、日夏は襦袢の裾をきゅっとつかみ締めた。

「向こうで婚約の話を聞いた時は、君が幸せならそれでいいと思ってたよ。いや、そう思おうとしてたんだ。でも一尉くんのことで揺れてる君を間近で見ている内に、だんだん気持ちが抑えきれなくなってしまったんだ…」

「じゃあ、俺をあの店に連れてったのも……」

「僕があの人の企《たくら》みに乗ってしまったんだよ。本来は諫めるためにきたはずなのにね。あんな場面を見せて君に誤解を植えつけようとしたんだ」

「その後の、タクシーで聞いた話も…?」

「外堀を埋めるためにね、偏った真実と歪曲《わいきょく》した事実とを織り交ぜて話したんだよ。佐倉本家はほとんど関与していないんだ。実際に動いてるのはあの人とその周囲だけ。それから日曜にあの二人を見たって話も、客室の鍵も嘘だよ。傷ついた君にさらに傷をつけてつけ込もうとしたんだ」

「そんなこと…」

「頭に血が上ってた、なんて後づけの理由でしかないけど。君の涙を見て余計に冷静さを欠いたよ。向こうにいた時ですら一度も泣いたことのない君が、彼のためにならこんなにも無防備に泣くんだ、って——そう思ったら堪らなくなった」

祐一の口もとに萎えた笑みの気配だけが残る。

「君はもう以前の君とは違うのにね。ちゃんと前を向いて進んでいるのに、僕の時間はまだ三年前のあの日から止まったままなんだよ」

「祐一…」

「君に拒まれてようやく目が覚めるなんて、僕は本当に進歩がないね」

上書きされた悔恨が、祐一の瞳を新月のような暗さで染めていた。

暮れはじめた空も、じきにそれに見合った色に染まるのだろう。沈む夕陽《ゆうひ》が中庭の風景にくすんだ橙色《だいだいいろ》を添える。細く開け放された窓から入ってくる風も、すでに夜風のそれに近かった。

「マンションの下で君と別れてから、あの人と一度合流したんだよ。その時にこの計画から手を引くよう進言したんだけど、まさかあれからすぐに動くとは思わなかったよ……ごめん」

だからこれは僕の落ち度だ、と祐一が額に手をあて、また深く項垂れる。

かける言葉が思いつかずに、日夏はただその姿を見つめることしか出来なかった。さらさらとした水流音がやけに近く聞こえる。そのせせらぎに祐一の密《ひそ》やかな嘆息が重ねられた。

「――一尉くんとの約束も、けっきょく反故《ほご》にしてしまったよ」

「約束…？」

「先週の金曜にね、この件についてもいくつか意見を交わしたんだよ。思えば、彼は最初から僕を疑っていたんじゃないかな。君との再会をセッティングする代わりに、一つだけ約束をして欲しいと言われたよ。佐倉の手から君を守って欲しいって」

（一尉……）

迫りくる夜のひんやりとした匂いが鼻腔《びこう》をくすぐった。

「その時に彼の話も聞いたよ。あの人は彼にもずいぶん無理な注文を出していたみたいだね。魔族の掟では未成年の婚約には親の承諾が必要とされるだろう？　月末まで逆らわずにいくつかの条件を呑めば、君との婚約を認めるって言ったらしいよ。でもそれを君に話した時点でこの話は終わり――。父親である彼が首を縦に振らない限り、婚約は進まないからね。彼はそれを呑むしかなかった」

「その条件って…？」

「連休明けから月末までの間、要請を出すたびに菱沼の令嬢をエスコートすること。二人を並べて束の間でいいから夢を見たかったなんて、最初はあの人も殊勝なことを言ってたみたいだね」

「じゃあ、昔の恋がどうのってあれ、マジで言ってたんだ…」

「あの人が以前、菱沼家の令嬢と恋に落ちた話もわりあい有名らしいね。種族が違うことを理由に猛反対を受けてあえなく破局したって話だけど、その時に約束したんだってさ。子供が生まれたら、その子供同士を婚約させようって。もっともそんな話、最近になるまであの人自身も忘れていたみたいだけどね。菱沼の未亡人――当時の令嬢の病状があまりよくないんだ。夫人も体が弱くてね、ずっと入退院をくり返してたんだけどもう手の施しようがなくて…。今月から自宅療法に切り替わったんだって聞いてるよ。あの人は彼女に夢を見させてあげたかったんだと思う」

祐一の静かな声音に、日夏は即座に切り返しを入れた。

「でもあの男は夢じゃなくて、現実化しようとしてるんだろ?」

「――困ったことにいまでは本気でそう思っているみたいだね。菱沼の令嬢には昔からの思い人がいるのも夫人は知っているはずだから、あの人の独断専行だと思うよ」

(あの親父、イイトシこいて暴走してんじゃねーよ…)

同情する部分や胸につまされる思いは確かにある。

魔族にとって「結婚」は恋愛の末に選ぶ結果ではなく、しがらみや政略によって選られた選択肢の場合がほとんどだ。同族ならまだしも、異種間で駆け落ちまで考えたとあればそれだけの情熱が二人の間にはあったのだろう。だが、それとこれとは話が別だ。

「悪いけど、俺はその犠牲になる気はないぜ」

言いながら立ち上がると、日夏は重い体を引き摺って祐一の前に立った。少しよろけた体を支えようと差し出された腕をぐっとつかんで顔を上げる。深い萌黄色のくすみが間近になった。

(その顔もいいかげん見飽きたんだよ)

声のトーンが低くなりすぎないよう気をつけながら、胸にあった言葉を一気に吐き出す。

「祐一のごめんはもう間に合ってんの！　悪いと思ってんなら俺に協力しろっ」

「日夏…」

アーモンド形の瞳が瞠られるのを正面から見据えながら、日夏は畳みかけるように言葉を続けた。

「俺もおまえもさ、後悔の苦さはよく知ってるじゃん？　だからこれ以上悔やまないためにも、いまやれることをやろうぜ。こんなんで満たされんのは一尉の親父の自尊心だけだろ？　俺らはあいつの駒じゃねーし、そんなの満たしてやる義理もねーんだよ」

祐一の瞳を曇らせていた翳りの半分ほどがようやく晴れていく。だがまだいくらか残る灰色の雲を吹き飛ばすために、日夏はブレザーの首に片腕を回すとぐいっとそれを下に引き下げた。寄せた耳もとにわざと軽い口調で囁きを入れる。

「つーことで作戦会議な、知恵貸せよ」

とにかくいまはここを抜け出すのが先決だった。あの男の言うことが正しければ、自分の体が正常でいられるリミットはそう残されていない。向こうも祐一が大人しく命令をまっとうするとは思っていないだろう。本気だというのなら、二の手、三の手が用意されているはずだ。

「俺らがここにいるの、外部の誰かに言った？」

「いや、ホテルに電話をもらって、そこで初めて携帯を取られてることに気がついたんだ。君のことを聞いてすぐに飛び出したから……誰にも連絡出来てない」

「ＯＫ」

なら話は簡単だ。自分の体にはＧＰＳ並みの機能がいまは搭載されているのだから。

祐一の唇に自分の手首を軽く押しあてる。『貞淑』の薬効は一週間、まだ切れてはいないはずだ。

「これで一尉に俺らの場所はわかるよな」

日の傾き具合から見て、自分がマンション下で拉致《らち》られてからゆうに二時間は経っているだろう。歩いて三分のコンビニから戻らない日夏の行方を訝しむには充分すぎる時間だ。いくら古閑でもこちらの異変に気がついているだろう。となれば一尉も動きはじめているに違いない。

後はこっちで何が出来るかだ。

（のんびり助けを待つなんてのは性に合わないんでね）

「さーて、俺らはどうすっか…」

用がないので帰ります、と告げたところで誰も帰してはくれないだろう。ここがあの男の店となると、居合わせる者すべてが敵だと考える方が無難だ。

「とりあえずこの部屋を出なくちゃだよな」

祐一のブレザーから腕を外すと、日夏は緩んでいた帯を締め直した。シーツと同じく絹のような肌触りの襦袢は、少し動いただけでもすぐに前がはだけてしまう。下着はかろうじて身につけているのだが、光沢のある深紅の布地から白い肌が覗く様は気恥ずかしくもあった。

（祐一の前で発情とか、シャレんなんねーしな…）

念入りに帯を引き締めてから、試しに引き戸を開いて入り組んだ廊下に潜む気配を窺う。姿は見えないが気配だけなら十人近くいる。恐らくこの部屋自体にも、別口で監視がつけられているはずだ。すでに脱走の意図が伝わっているがゆえの警戒態勢なのかもしれない。——それにしても。

「何かさ…」

「ん？」

「ちょっと楽しくね、これ？」

拉致られたり妙な薬を打たれたり、昼には勘違いでショックを受けたり大泣きしたりで、考えてみれば今日は散々な目に遭っているのだが、いまのこの状況は悪くない。

「血が騒ぐっつーか、腕が鳴るっつーか」

「……日夏は好戦的だよね、昔から」

「校外で能力使って実戦なんて、そうそうある機会じゃねーし」

「僕の能力はどちらにしろ、実戦には不向きだからな」

「そういや新しい能力って…」

言いかけたところで、ひゅっと天井から何かが降ってきた。黒い小さな蜘蛛《くも》だ。

続いてパタパタと降ってきたそれらが、意外に俊敏な動きで引き戸に貼りついていく。ぞろぞろと増える一方の蜘蛛に気圧《けお》されて引き戸を離れると、すぐにそれは扉を埋めるほどの数になった。

ここを通すまいということだろう。幻覚の可能性もあるが実際にこうして蜘蛛を使う能力者もいるので、節足動物が苦手な日夏としては身を張ってまで確かめる勇気はない。白木の引き戸がいまでは蠢《うごめ》く真っ黒な扉と化していた。その恐ろしい様相は見ただけでも肌が粟立《あわだ》つほどだ。

「むむむ、ムリ…」

「ああ、日夏は昔から蜘蛛が苦手だったっけ」

扉からの脱出を即座に諦めた日夏に苦笑すると、祐一は「大丈夫だよ」と穏やかに笑った。

「日夏、能力者の気配を探れる？　たぶんそう離れたところにはいないはずだよ」

「えーと……、廊下出て右手の突きあたり、かな…？」

請われて巡らせた意識のレーダーに目の前の蜘蛛と同じ波動が引っかかる。

「うん、突きあたりの角にしゃがんで身を潜めてるっぽい」

「わかった」

祐一がおもむろに右手をピストルの形に変えて、その照準を部屋の中から該当の箇所へと向ける。緑がかった発光がポウ…と祐一の指先に灯った。直後に放たれた閃光《せんこう》が真っ直ぐに宙を走る。途端に真っ黒だった扉が一瞬で元の引き戸に戻った。蜘蛛は幻覚だったというわけだ。

「い、まの…」

「これが僕の二番目の能力『回転銃《リボルバー》』だよ。使える回数に限りがあるからそう呼ばれてるみたいだね。まだ日に五回しか使えないんだけど」

「これって撃たれた相手はどうなんの？」

「一時的に能力が使えなくなるんだよ。だからもう蜘蛛は出ない」

「壁越しでも使えんのかよ…」

「正確な場所さえわかってればね。だからうまくあたったのは日夏のおかげだよ」

（や、そーいう問題でなく…）

一時的といえども能力を無効化できる力など初耳だ。能力を複数持っているだけでもかなりレアだというのに、二つめの能力がこれでは確かに緘口令も敷かれるだろう。祐一の能力を悪用しようとする輩が出てこないとも限らない。それを防ぐためにも早急に制御法を学ぶ必要があるのだろう。

「無敵じゃん、それ」

「でも有限だからね。使いはたすとブラックアウトを起こすんだよ。後天的な能力だから体にとっては不自然なんだろうね」

「へーえ」

「一度使うと魔力の充電に少し時間がかかるのが難点かな……って、日夏？」

「え…？」

問われて初めて、日夏は自分の視界が傾いでいることに気がついた。そろそろ薬効が顕れはじめているのだろう。突発的な眩暈に襲われた日夏の体を、祐一の腕が抱き止める。最初はだるいだけだった手足の重さもいまでは明らかな痺れに変わりつつあった。

「計画変更だね」

「でも…」

「君に無理させるわけにはいかないよ。それに僕もあと五分は撃ち止めだから」

自分が本調子でない以上、無理にここを出ても祐一の足を引っ張るだけなのは目に見えている。だから薬が回りきる前にどうにかしたかったのだが――。

（いまはここは動かない方が得策か…）

背筋に走る寒気も次第に頻度を上げている。このままヒートの衝動がくるのだとしたら、とても逃亡どころではない。眩暈は数十秒ほどで治まったが、次がまたいつくるとも知れない。

「この部屋に留まっている分には向こうも危害は加えてこないと思うよ。だから救援がくるまでいまは大人しく待とう」

「ん…」

日夏の力ない同意に祐一が脱いだブレザーを、赤い襦袢に包まれた華奢な肩に被せた。

「君が発症したら、僕はこの部屋を出るよ。誰も近づけさせないから安心して」

「祐一…」

少しは楽になるかな…と、治癒を施そうとした祐一の手を「平気だって」と脇へ押しやってから、日夏は重い体を引き摺って窓際に寄った。漆喰《しっくい》に丸く開いた窓の隙間を閉ざす。

「魔力は温存しとけよ。後でまた一悶着《ひともんちゃく》あるかもだし、俺もそんなヤワじゃねーよ」

「――うん、そうだね」

敷きっ放しの布団に一度正座で座ってから、日夏は考えた末に膝に祐一のブレザーを被せてから胡坐をかいた。その傍らの座布団に祐一が腰を据えて窓の外を窺う。

窓を閉めても聞こえてくるせせらぎに混じって、微かに虫の鳴き声が聞こえていた。その涼やかな輪唱に耳を澄ましながら、日夏も部屋の周囲の気配を探る。さきほどより数が減ったのはこの部屋が静かになったからだろうか。それとも祐一の能力を警戒してのことなのかもしれない。

「リボルバーか。俺も『感染』じゃなくてそういう能力がよかったなぁ」

「制約が大きいからあんまりオススメしないけどね。それに一尉くんの力の方がよっぽど強力だよ」

「んー、あれはちょっと規格外っつーか…」

日夏絡みで理性を忘れた末、四月の校内バトルですさまじい潜在魔力を学院中に披露したのは記憶に新しいところだ。今回も我を忘れてなければいいのだが。

（あれからちょうど一ヵ月か…）

五月も残すところ今日だけだ。祐一の研修は一週間の日程なので、明後日にはもう別れが待っている。そう思うと何か言わなければならない気がするのだが、胸に渦巻く感情をうまく言葉に変えられなくて、日夏は黙ったまま天井を仰いだ。

携帯番号もメールアドレスも知っているのだから連絡自体はいつでも取れるはずなのに、なんだか祐一が距離以上に遠くにいってしまいそうな気がした。

それはタクシーの中で呟かれた言葉が忘れられないからだろうか。

『これでようやく、君を思いきれるよ――』

記憶の中の祐一の声に被さるように、窓際から柔らかなテノールが聞こえた。

「この騒動が終わったら、僕は君からフェイドアウトするよ」

「え?」

「君の人生に僕はいらない要素だと思うから」

「って、何言って…」

ふいに、すっかり暗くなった夜空にカッと眩むような雷光が閃《ひらめ》く。

続いて響いた轟音《ごうおん》が二人の会話を完全に寸断した。三回目の落雷はそれほど遠くない場所に落ちたのだろう、微かに人の悲鳴が聞こえる。空には雲一つないというのに、立て続けに鳴る雷がはたして誰の仕業なのか。あまり考えたくはないのだが。

(まさか、な…)

誰かが廊下を早足に進んでくる。捉えた気配には覚えがあった。そもそもこいつが諸悪の根源だったよな、と構えた日夏の視界に入ってきたのは。

「――お迎えがきたぜ、お姫さん?」

引き戸を開けた一尉の父親の、心底楽しくてしょうがないという笑顔だった。

8

結果から言えば日夏は一尉によって救い出されたのだが、料亭を出る前に気を失ってしまったので、その後の顚末《てんまつ》はほとんどが他人の口から聞いたものだ。

（だいたい掟破りにも程があるよな…）

恐ろしいことに一尉は『召還』能力を誰かから強奪してきたうえで、青山《あおやま》の料亭『櫻庵《さくらあん》』に乗り込んできたのだ。いくつもの離れで形成された隠れ処的な造りが好評なこの料亭は、その三分の一を焦がされ、四分の一を半壊させられたおかげでしばらくは営業を停止せざるを得ないということだ。

それが一尉の召還した「雷神」のせいだということを知る者は少ない。

だが一尉の父親としては手がける店の中では娯楽と片づけられてしまっているのかもしれない。むしろそれすら含めてあの男の一つが使えなくなったところで大した損害は感じていないらしい。

「んーま、面白かったから手打ちにしといてやっか」

けっきょくというか、一連の事件はあの男のたった一言で終結してしまったのだから。

（面白かったからって何だよ…）

そもそも部屋に顔を出すなり「今回は久々のヒットだったなー」と男が独りごちている時点で怪訝に思ってはいたのだ。その勘が正しかったことを日夏は案内された広間で思い知ることになった。

普段はどんな用途に使われるのか、そこだけは洋風の造りになった室内の真ん中に一尉の父親が踏み込んだ瞬間、小さな雷撃がいく筋も宙に閃光を刻んだ。

「ずいぶんな挨拶だな、一尉」

「それはお互い様じゃないですか、父さん」

「いや、さすがに店を半壊させられる覚えはねーぜ？」

「よく言う。俺がルールを守る限り、日夏には手を出さない約束でしたよね」

「あれ、そうだったかな？」

「先にそちらが約束を破ったので、こちらも遠慮なく破らせてもらいましたよ」

親子の対面とは思えないほど殺伐とした雰囲気で交わされる会話に日夏が扉口で目を丸くしていると、それに気づいた一尉がふっと表情を弛ませた。

「日夏…」

瞳の奥に能力の発動を知らせる光を宿しながら、その上に安堵のフィルターが被せられる。

昼間と同じ礼服に身を包みながら、一尉はそのあちこちに焼け焦げを作っていた。よく見れば白い頬や額にも黒い煤《すす》がついている。さすがの一尉も「雷神」を手懐けるのには少々骨が折れたようだ。

（またこんな無理しやがって…！）

一尉とは雑木林以来の会話だったけれど、そんなこだわりはもうとうに日夏の脳内にはなかった。

気づいたら重い体に鞭《むち》打《う》って、日夏は一尉のもとへと自然に駆け寄っていた。

「このバカっ、前髪まで少し焦げてんぞ？　ったく、相変わらず無茶すんなぁ…」

爪先立ちで額や頬に散った煤跡を指先で拭う。白い頬が数日前よりも痩せているような気がして、日夏は何度もその輪郭を撫でた。ふいにその手を優しく取られて、中に何かを握らされる。

「これを受け取って欲しいんだ」

「え…」

開いた掌には白い薬包が載せられていた。視線で示した疑問符に一尉が睫をすっと伏せる。

「解毒剤だよ、『貞淑』のね。無理を言って生成してもらったんだ」

「げ、どく…？」

「そう。月曜の夜にはオーダーしておいたんだけど、どうも調合に時間がかかったみたいで……今日になってようやく上がってきたんだ」

持ち上げた視線で真っ直ぐに日夏を射止めてから、一尉が苦しげに唇を引き結ぶ。

「いくら君が心配でもやっぱりあれはルール違反だったと思うから、これを渡して謝りたかったんだよ。本当にごめん」

（またそんな弱った顔しやがって…）

掌の包みをくしゃりと握り込むと、日夏は礼服の首筋に爪先立ちのままきつく縋った。

「そんな顔すんなよ、謝んなきゃいけないのは俺の方なんだからさ…」

「日夏…？」

「俺――…本当はずっと不安だったんだ。自分でもよくわかってなかったけど、いつかおまえに捨てられる日がくんじゃねーかって、ずっとどっかでそう思ってたんだ」

気づかないうちに胸の根底に入り込んでいた危惧《きぐ》。けっきょくはそれが自分の言動の起源になっていたのだろう。正解を導き出すまでにこんなにも大回りをしてしまったけれど、でも気づけたからこそ、こんなにも素直な気持ちでいま一尉と向き合えるのだ。

「無意識にさ、その日に備えてたのかもしんない。だからおまえのこと、信じきれなかった」

まるで壊れ物に触れるかのように、そろそろと背中に回された腕が徐々に束縛を強めていく。一尉の腕の内で、日夏は「ごめんな…」と声を弱らせた。

「おまえのこと信じてない俺を、おまえが信じられないのも当然だよな…」

「――俺たちは似た者同士なのかもしれないね」

囁きとともに、唇が首筋にあてられる。その感触が無性に懐かしくて、日夏は目を瞑って己を抱き締める体温と唇の熱に身を委ねた。

「勘違いで大騒ぎして、挙句へマして捕まってんだから世話ねーよな、俺も…」

「いや、すべてはそこにいる放蕩《ほうとう》親父のせいだから」

一尉が氷点下近くまで下がった凍てつく眼差しを、傍らにいる父親に送る。それは見る者の心を凍らせるほどの迫力があったにもかかわらず、そこはさすが父親というべきか、男は気にしたふうもなく「放蕩親父とは言ってくれるね」と唇の片端を引き上げて笑った。

「ま、反論はねーわな。で？　とんだ恋愛ドラマ見せられて、こっちは胸焼けしそうなんだがね」

「これで気が済んだでしょう。日夏は返してもらいますよ」

父親からの返答を待たずに踵を返した一尉が、日夏の手を握りすぐさま出口へと向かいはじめる。

その早足に合わせて分厚く密な絨毯を裸足《はだし》で踏みしめながら、日夏は慌てて口を開いた。

「でもまだ祐一が…」

そう言いかけたところで、余計な一言が背後から追いかけてきた。

「おまえもめでたいやつだな。彼がそんな格好で無事だったと思うのかい？」

「え？」

日夏と一尉とで異口同音になった反問に、男が楽しげに笑みを深める。

そこで初めて衣服に気が回ったのか、一尉の注視が日夏の乱れた[襦袢]姿に注がれた。これは単にここまで走ってくるのに乱れただけなのだが、一尉はそうは捉えなかったようだ。

「……日夏に手を出してただで済むとお思いですか？」

パリッ、と一尉の背負っていたオーラが不穏な火花を散らしはじめる。

紺色の瞳がさらに明るさを増し、繋いだ掌からも電圧が感じられるほどに一尉の全身に「雷神」の力が漲りはじめる。その矛先として立てた指先を父親に向けられた。だが。

「相手なら僕が妥当じゃないかな」

その切っ先を自らへと導くように、間に割って入った人物がいた。

中性的な細面の顔立ちに、柔和な笑みをふわりと浮かべてみせながら、セピア色のスラックスがゆっくりと広間に踏み入ってくる。

（祐一……？）

一尉の父親が現れた時点で、日夏は部屋を飛び出してしまったので祐一の動向には気を配っていなかったのだが、この部屋のやり取りはどこかから見ていたのだろう。

（どういうつもりだよ…）

思考の読めないポーカーフェイスと、一尉の無表情とが正面から相対する。

「――やはりあなたが絡んでいたんですね」

「そう、僕が日夏を誑《たぶら》かしたんだ。君から日夏を奪うためにね」

静穏な瞳をわずかに狭めて、祐一がゆっくりと両手を広げてみせる。

「祐一っ」

「日夏は黙ってて。これは僕と彼の問題なんだ」

挑発的な発言に慌てる日夏を制すると、祐一は改めて静かな挑戦を一尉に投げかけた。

「君が守りきれないって言うんなら僕がもらうよ、異論はないよね」

「まさか。そんなこと本気で言ってるんですか？」

「もちろん本気だよ。彼に手を出したのが僕だと言っても、君は正気でいられる？」

宙を走った電撃が祐一のすぐ横の壁に焦げ跡をつける。頬の脇から黒煙が上がるも、祐一は怯《ひる》みもせず右手で象《かたど》った銃を一尉に突きつけた。

（何やってんだよ、もう…！）

不穏な二人の睨み合いを安全圏からニヤニヤと見守っている男に駆け寄ると、日夏は襦袢が余計にはだけるのも構わず、スーツの背中に渾身の回し蹴りを試みた。体は不調でもどうにか命中した攻撃に、男が顔を顰めながら振り返る。

「君、足癖悪いなぁ…」

「あんたも見てないでアレ止めろよッ」

「へ、何で？　つーかこんな娯楽、そうそうないぜ」

この一言で、日夏はこの男の本質がようやくつかめた気がした。

「まさか……あんた今回のコレ、全部退屈しのぎだったとか言わないよな……？」

「他に理由があるかい？　いやいや、予想外に楽しめたんで、君にも礼を言わなくちゃな」

「んなのいいから止めろっつーの！」

「嫌だね。君も楽しめばいいのに、二人の男が君を間に戦ってるんだからさ」

「そういう問題じゃねーよっ」

「——やれやれ。無粋な邪魔をする気なら俺にも考えがあるよ」

男の瞳がゆらりと色を変える。途端に甘く濃厚な香りが鼻をついた。フェロモンの発動を感じて慌てて距離を取る。薬効とも相まってか、強烈な眩暈が日夏を襲った。

（ちっくしょう…）

ライカンに多いフェロモン系の能力は脳に直接働きかける物が多いのだが、その発動だけで一度昏《こん》倒《とう》させられていることを思えば、この男の能力グレードもかなりの物なのだろう。

（このオッサン、感染させるってテもなしか…）

絨毯敷きの区域から外れて、硬い大理石に膝をつきながら日夏は必死に次の策を練った。わざわざあんな悪役を買って出た祐一の気持ちがわからないわけではない。一尉の誤解どおりの敵役を演じて、さきほどの言葉を現実にするつもりなのだろう。だがそんな独り善がりな幕引きを許せるほど、自分の心は広くないのだ。

「こんなコトされたって俺は嬉しくも何ともねーよっ。一尉も少しは冷静になれっつーの！」

しかし脇から何を言っても、二人ともまるで耳を貸そうとはしない。対峙したまま、じりじりと互いの間合いを計ることだけに全神経を集中させている。少しずつ霞《かす》んでいく視界でその睨み合いを見つめながら、日夏は鋭い舌打ちで腹立たしさを散らした。

（クッソ、どうしたら…）

「まあ、落ちつけって」

うずくまって荒い呼吸を紡ぐ日夏に、ふと横合いから差し伸べられる手があった。

「言ってみりゃアレ、宿命のライバル対決だろ？　そりゃ簡単にゃ止まんねーだろうよ」

「……きてたのかよ」

「おやおや、こない方がよかったような口ぶりだな」

聞き覚えのありすぎるその皮肉を含んだ声音に、日夏は迷わずその手をつかんでいた。即座に口もとに持っていって能力を発動する。

「げっ」

「とにかくアレを止めろよ、じゃなきゃここでストリップさせんぞ！」

瞳を明るめのクロムグリーンに変えながら告げた命令に、「あー、油断したー…」と古閑が溜め息混じりに呟く。

「つーかさ、そもそもあの二人相手に俺の能力が敵《かな》うと思うか？」

「四の五の言わずに止めてこいよ。間抜けに裸踊りしたくなけりゃな」

「うわー横暴。とりあえず止めりゃいいんだよな？　後から方法に文句つけんなよ」

「いいから早くしろってば！」

「わーかってるって。そいじゃちょっと失礼」

古閑の目の色がわずかに光を帯びる。直後にぞわっと全身に悪寒が走った。見ればはだけた襦袢の隙間から覗く素肌に、五十センチはあろうかという黒い蛇が纏わりついている。

「な、んだよこれ…っ」

「だから文句ナシって言ったろ？」

全身に毒で彫られた刺青を具現化して操る力、それが古閑家の男に代々受け継がれている能力なのだという。刺青の図柄に蛇を選んだことから、古閑の能力には『蛇使い《サイドワインダー》』という通り名が与えられていた。毒の効果は操る蛇でそれぞれに違うらしいが、いつもは背中で大人しくしているこの蛇がこんなふうに動いているのを日夏はいままでに見たことがなかった。

リアルな鱗《うろこ》の感触がぞろろ…っと肌を撫でていく。

「んっ、く…」

あろうことか蛇は日夏の腰を一周してから、太腿に向かって頭を伸ばしていた。鱗の感触が薄い皮膚に絶え間ない刺激をもたらしていく。

「おっまえ、こんな時に何考えてんだよ…ッ」

「あいつらおまえを取り合ってんだから、こういうアプローチは有効なんじゃねーの？」

「はあ？　つーかそんなん本気で…っ」

「ま、一種の賭《か》けだよ。鴻上も一尉も、そう立て続けには能力を発動できないはずだからな」

ずずずっと動いた蛇が、腰から脚の間へと一気に体を這わせた。そのまま締めつけられながら下着の上をじりじりと移動されて、思わず甲高い悲鳴が漏れる。

「ひっ、あ、ァ…ッ」

「つーことであんたらいい加減にしねーと、日夏が蛇にヤラれちまうぞー」

場にそぐわない呑気な声が響いた直後に、二種の光が宙を走っていた。一本は真っ直ぐに古閑の胸を撃ち抜き、もう一本はジグザグを描きながら天井へと突き刺さる。

「——…ッ！」

一瞬遅れて、耳をつんざくような雷鳴が広間に鳴り響いた。

いままでで一番大きな轟音に慌てて耳を塞《ふさ》ぐ。恐る恐る見上げた天井には真っ黒い大穴が開いていた。そのすぐ横にはシャンデリアの成れのはてが無残な姿でぶら下がっている。

「こっえー…！　死ぬかと思った」

古閑が薄い唇を多少引《ひ》き攣《つ》らせながらも、ハハッと吐き出した息で笑う。

「まあ、からくも成功って感じ？」

見れば傍らで対峙していた二人のオーラは、先ほどに比べれば大幅にダウンしていた。二発目を撃った祐一と同じくらいに、一尉もいまの一撃でかなりの魔力を消耗したらしい。

（ったく、手間かけさせやがって…）

日夏の体を締めつけていた蛇もリボルバーで無効化されたのだろう、気づけば跡形もなく消えていた。鼓膜に激震をもたらした轟音と、まだ生々しく肌に残っている刺激の余韻とで治まらない動悸《どうき》を片手で宥めながら、日夏はよろりとその場に立ち上がった。

「日夏…っ」

もつれそうになった足もとを見て慌てて駆け寄ろうとした二人に、ギラッと鋭い眼光を走らせる。

「こっちくんなよ。俺を勝者の賞品扱いしやがったくせに」

「でも…」

「いいから聞けっつーの」

開きかけた一尉の口をさらに眇めた視線で封じてから、日夏は顰め面のまま首を傾げた。絨毯と大理石との境で立ち止まった二人に半眼の眼差しを送ってから、まずは一尉に焦点を絞る。

「俺が誰かに手ェ出されたなんて、あのオッサンの嘘に決まってんだろ？　おまえもくだらないチャチャにいちいち引っかかってんじゃねーよ」

腕を組んで説教をかましてから、日夏は同じ厳しさの視線を今度は祐一へと差し向けた。

「祐一も祐一だ。悪役に徹してフェイドアウトなんて、そんな虫のいいマネ許すわけねーだろ？　おまえだって俺助けにここまできたんじゃねーか。むしろおまえがこなかったら、そういう目に遭ってたかもって話だろ？」

一尉がわずかに瞠目《どうもく》した視線を傍らの祐一へと振る。それを苦々しい笑みで受け止めながら、祐一が「参ったな…」と小さく呟いた。

「ここで種明かしされたら、僕の目論見《もくろみ》が水の泡じゃないか」

「そうだよ、わざわざ泡にしてんだよ。祐一とこれっきりなんて俺、ぜったいヤだかんな」

「日夏…」

聞き分けのない子を見るように、祐一が眼差しを翳らせる。それを真っ向から受けながら、日夏はぐっと目もとに力を入れた。

「おまえはフェイドアウトして満足かもしんねーけどな、残された俺の気持ちはどうなんだよ。そうやってまた俺に後悔させる気か？　なんでおまえにあんなこと許したんだろうとか、一生思わせ続ける気かよ」

「でも、僕は日夏にあんなことをしたんだよ」

「だからなんだよ。悪いことしたって思ってんなら俺のワガママくらい聞くのが筋じゃねーの？」

一尉の父親よりも、よほど子供じみた屁理屈を言っている自覚はある。

でもこれは偽りのない本心だった。

「おまえに二度と会えないなんて、俺はヤなんだよ」

ようやく再会出来たのに、これでまたサヨナラなんて冗談じゃなかった。再び繋げた絆がここで断ち切れてしまうなんて、そんな中途半端な結末では神戸での六年間があまりに悲しすぎる。

「ただ――おまえがもう俺の顔見たくないってんなら、それはそれで受け入れるよ」

祐一自身が二度と会いたくないと思うのなら、フェイドアウトするのはこちらの方だ。その覚悟はとっくに出来ている。だから、それならそれで、きちんとその意志を表して欲しかった。

自己犠牲や気遣いなどではなく、掛け値のない本心として。

「でも、おまえは俺のたった一人の幼馴染みだって事実はずっと変わらないからな…っ」

途中で声がつまりそうになって、日夏は深呼吸で薄い胸を何度も喘がせた。それを萌黄色の眼差しがじっと見据える。ややして深い嘆息を足もとに零すと、祐一が伏し目がちに笑った。

「君はそういうところ、昔から頑固でずるいんだよね…」

「それはおまえが一番よく知ってるだろ」

「まったく、君には敵わないな」

俯いた祐一に近づきながら、ニッと白い歯を見せる。

「それもいまさらだろ？」

釣られたように祐一も瞳のラインを弛ませた。ようやく翳りも曇りも消えた眼差しが、真っ直ぐに自分のことを見つめ返してくれる。

「——僕は少し遠くにいくけど、君にまた会いにきてもいいかな」

「んなのいいに決まってんじゃん」

いつでも待ってるし、と胸を叩いた日夏に祐一が「ありがとう」と柔らかく微笑んだ。

祐一との間にまたあの穏やかな空気を取り戻せたのが嬉しくて、日夏もへへっとはにかんだ笑みを浮かべた。だが数秒後には、なぜか困ったように祐一の視線が横へと逸らされてしまう。

（ん？）

その反応に思いきり首を傾げた日夏に、一尉の溜め息混じりの忠言が寄せられた。

「日夏、前はだけすぎだから」

「え、わ…ッ」

気づけばご開帳になっていた襦袢の合わせを、慌ててその場で回れ右してから正す。唯一の救いは帯だけを残して左右に分かれた様が、旅館で迎えた朝のようにまるで色気とは無縁だった点だろうか。

「おいおい、このオチかよ日夏ー」

「う、うるさい…っ」

「で、気づいたら首謀者もトンズラこいてるしな」

「へ？」

古閑の言葉に慌てて首を巡らせると、確かにこの場に残っているのは自分たち四人だけだった。あの小憎らしいスーツ姿はどこにも見あたらない。

「っんのヤロウ…」

「逃げ足は速いんだよ、あの人」

憤る日夏に一尉が達観した調子で告げる。追いかけても無駄だからとりあえず引き揚げようかと慣れた調子で提案されて、日夏は一気に体の力が抜けそうな心地に襲われた。

はたしてその脱力が引き金になったのか、気づけば日夏は視界から色を失っていた。

「あ、なんか…」

（ヤバイかも――…）

視野が黒く染まるのと同時に平衡感覚までを失う。よろけた体を抱き止めたのが誰の腕なのかは感触だけで知れたが、それ以外の情報はすべてシャットダウンされたようにひどく遠かった。これも薬効のせいなのか、急速に意識が遠退《とおの》いてく――。

次に目覚めた時、日夏は代官山の一尉のマンションにいた。

どうやら自分に打たれた薬は媚薬ではなく、睡眠薬に似た効能の物だったらしい。おかげで丸二日寝込んだ日夏が起きた時には事後処理のほとんどが終わっていた。

一尉の父親とも婚約の件以外は和解が成立したとのことで、事件のほとんどが丸く収まったところで自分はちょうど意識を取り戻したらしかった。もっとも――。

(丸く、って言えるのかは不安だけどな…)

一尉に聞いたところによると、あの男は昔から享楽第一主義で有名なのだそうだ。

「あの人はもともと俺にそれほどの興味はないんだよ。だから賭けでもあったんだ、あの人に無断で婚約を進めたのは。うまくすれば事後報告でも『あっそ』の一言で終われるからね。事前に報告して興味を引くよりはいいと思ったんだけど、時期が悪かったかな…」

「時期？」

「言いたくないけどね……単に暇だったんだよ、あの人は」

「暇？　たかが暇でこの騒動？」

「俺に絡むことで退屈を紛らわしたかったんだろうね。それが理由の半分」

「じゃあ、昔の恋がどうたらってのは…」

「それがもう半分の理由だと思うよ。菱沼夫人がもうそんなに長くないのは確かだからね。ああいう性格だからストレートに物事を運べないんだよ。だから照れ隠しも含めてこういう歪曲した方法を取ったんだと思うけど。そういう点は菱沼家も理解があって助かったよ」

「——助かった、ね」

金土と寝込み、翌日の日曜も休養にあてたおかげで、月曜の日夏は体力気力ともに通常モードだった。人目を憚って上がった昼休みの屋上、フェンスに背もたれながら一尉の話に耳を傾けていた日夏はふとその眉間に翳りを寄せた。

「俺に内緒でデートしてたんだってな」

「外へ出かけたのは数回だけどね。それにどこへ赴くにもあの父親と菱沼夫人が一緒だし。俺と頼子《よりこ》さんは親孝行だと思ってつき合ってたよ」

「そういや、菱沼の令嬢も他に思い人がいたって聞いたけど」

「うん、君も知ってる相手だよ」

「え、誰ダレだれ？」

「病気かってくらい女に甘くて節操のない伊達男《だておとこ》。あんなのは父親に持つもんじゃないね」

「……マジで？」

「罪深いことにね。だから夫人にとっても彼女にとっても、思い出深い日々にはなったんじゃないかな。二人に楽しんでもらえたんなら、それだけが唯一の救いだよ」

父親から出されていた条件上、日夏に詳細を明かすことは出来なかったけれど、それ以上に菱沼家の現状の方が機密扱いされていたため、一尉が菱沼家に足を運んでいてもそれ以上の詳細が噂として出回ることはなかったのだという。そうでなければもっと尾ひれのついた噂が蔓延《まんえん》し、とっくに大ゲンカに発展していたことだろう。逆に言えばそのせいで、一尉の父親が暗躍する余地が出来てしまったわけだけれど――。

「君に本当のことが言えないのはつらかったけど、菱沼家のこともあったしね。迂闊に口にするわけにはいかなかった。でもそこさえクリアしてしまえば、そんなに難しい条件じゃないと思ってたんだ。月末まで少し我慢すればいいだけの話だって。鴻上くんのグロリア研修の話を聞くまではね」

月に叢雲《むらくも》がかかるように、一尉の眼差しに灰色の憂いが被せられていく。

「正直焦ったよ。君が彼に寄せていた思いは古閑から聞いてたからね。タイミング的に父の差し金なんじゃないかと思って探ってはみたけど、尻尾がなかなかつかめなくて……。八重樫がいなかったのは痛かったね。何かわかっても後手に回ることが多くて、けっこうテンパッてたよ」

それがあの弱った姿の本心だったのだろうか？

あの時と同じくらい疲弊した眼差しが、静かに空の彼方《かなた》を見つめていた。

「彼がどこまで摑んでるのか、その判断がつかなくて最後まで悩んだよ」

時折吹いてくる柔らかな風が、チョコレート色の髪をはたはたと宙になびかせる。それを眺めながら、日夏も風に吐息を散らした。

（俺だって悩みっ放しだったたっつーの…）

五月はまるまる一ヵ月、悩み抜いたといっても過言ではない。だが悩んでもがいて苦しんだ分、確実に前へと足は踏み出せているはずだから。どんな思いも無駄じゃなかったといまなら思える。

生きながら身を斬《き》られるようだった、あの思いも――。

「あの時、さ」

言いながら隣にいる一尉の袖口をきゅっと引く。

「なんで俺のこと無視したんだよ」

いまでも目を瞑れば、あの冷徹な藍色の冷たさを思い浮かべることが出来る。あの時もたらされた冷気を思うだけでも、心臓が竦むような怖さがまだ残っている。

「ああ……――君は気づかなかったかもしれないけど、あの場にも父はいたんだよ。君と彼が一緒にいるのを見てすぐにその魂胆も知れた。だからあそこで修羅場に発展させるわけにはいかなかったんだよ。徒《いたずら》に父を喜ばせるのは本意じゃないし、それに俺は君を信じてたからね」

「……またついでのように言うじゃねーかよ」

「俺もまさか、君が彼の言葉を鵜呑みにして傷ついてるとは思わなかったよ」

チクチクと針の先で突つき合うような会話に、日夏がうう…と言葉をつまらせるのを凪《な》いだ眼差しで見やりながら、一尉が懺悔《ざんげ》の言葉を口にする。

「でもけっきょくは全部俺のせいだよ。家の都合で君には迷惑をかけたね…」

憂いを含んだ伏し目がちな視線に晒されながら、日夏はフェンスから背を離すと無言で一尉の首筋に両腕で縋った。もう二度とこんなふうに抱き合えないかもしれない――そう思ったあの時の感慨は、まだトラウマのように胸に残っている。

（半身を千切られたみたいだった…）

痛くてつらくて悲しくて、もう二度とあんな思いはしたくないと思う。

でもそんな思いと引き換えに得た物が、一尉との間に新たに繋げられた絆なのだろう。

「もっと強くなんなきゃだよな、俺もおまえもさ」

信じられるだけの強さを、自分はこれから養わなければいけないのだろう。でもそのための拠《よ》り所《どころ》がいまは確かにこの腕の中に在るから。四月の末からこっち、一尉が誰のために動いてくれていたかを思えば泣き言や弱音なんて吐いてはいられない。

（おまえに捨てられる日なんてこない——まずはそこを信じればいいんだよな？）

たとえ本当にそんな日がきたとしても、その時に悔いが残るような「いま」をすごさなければいいのだ。これって名案じゃね？　と告げたところ、一尉には予想外に渋い顔をされてしまったけれど。

「というか、何でそれ別離が前提なの？」

「え、や、べつに前提ってワケじゃねーけど…」

「そうか、君はまだそんなふうに考えてるんだね」

抱き合ったまま肩越しに溜め息をつかれて、日夏は「何だよ」と小声の呟きを返した。

「ううん、言ったら引かれそうだからやめとこうかな」

「言えよ、気になるじゃねーかよ」

「——じゃあ言うけど、たとえ君が心変わりしても俺は君を手放す気はないんだよ。出来ることなら君をどこかに閉じ込めて一生飼い殺しにしたいと思ってるんだから。一日中君を組み敷いて啼かせて弱らせて、片時も離れず君の中を俺でいっぱいにしたいと思ってるよ」

「な…っ」

「俺なしじゃいられないくらい、君の体も心も、何もかもを調教して支配したいってね」

一気に赤くなった顔を見せまいと、日夏は一尉の肩口に必死で顔を埋めた。

「俺の中はそれくらい君でいっぱいなんだけどね。君はどう？」

笑みを含んだ吐息を耳もとに吹き込まれて、日夏は迷った挙句小さく縦に首を振った。そこで選択を間違えていたら危うく体に教え込まれるところだったのだが、どうにかその危機は免れたようだ。

抱き合ったまましばらく風の音に耳を澄ます。

思えば四月も五月も波乱に富んだ日々だったから、二人でいてこんなに穏やかな気持ちになれるのはもしかしたらこれが初めてかもしれない。——そう思うと急に愛しさが増した気がした。

「父からの返答はまだないけど、もし反対されたらその時は駆け落ちだね」

存外に楽しげな囁きを吹き込まれて、気づいたら自分も唇の端を緩めていた。

「それはそれで楽しそうだよな」

この温もりさえあればどうにかなる、日夏の母親もそんな気持ちで家を飛び出したのだろうか。

(祐一にもいつか、そんな人が現れればいいのに…)

一尉の腕時計がピッと鳴って、午後の授業まで五分を切ったことを知らせる。それを合図に腕を抜け出すと、日夏はンーッとめいっぱい空に向けて両腕を伸ばした。

青空の端にうっすらとした滲みで真昼の月が浮かんでいる。

世界中のいつどこにいても、見上げる月はあれしかないんだよなと改めて思う。同様にこの空も、彼《か》の地までずっと続いているのだ。

「なあ、アカデミーってどこにあるんだっけ？」

「――ごめん。守秘義務があるから俺には言えないんだ」

「あ、そっか。や、ただ寒いとこじゃなけりゃいいなって思ったんだよ」

アカデミーは能力に突出した者だけを各国から集めて、徹底したエリート教育を施す全寮制の機関だ。その特質さゆえに機密保持が第一とされている。その所在や詳細については、アカデミーとのかかわりを許された者にしか明かされない。

「でもこの季節は向こうも暖かいよ」

「よかった。あいつ寒いの苦手だからさー…」

日夏が起きた時点で、祐一はもう海外に飛んでいた。

稀少系の能力が覚醒した時点で、アカデミー入りの日取りはすでに決まっていたのだという。国内にいられる最後の一週間を使って、祐一は日夏に会いにきてくれたのだ。

「彼ともずいぶん話をしたよ。――君も話したい？」

「え、話せるの？」

「君の目の前にいるのはアカデミー出身者だよ」

求められて携帯を手渡すと、恐らくは関係者しか知らないのだろう番号が打ち込まれて戻ってきた。あとは開始ボタンを押すばかりだったそれを数秒眺めてから、日夏はあっさり終了ボタンを長押しした。元どおりブレザーのポケットへと滑り込ませる。

「いいの？」

「だって授業はじまっちまうし、遅刻も携帯鳴らすのも厳禁なんだろ？」

「……君の口からそんな台詞聞くとものすごい違和感が」

「って、オイ」

耳にタコが出来るほどそう釘刺していたのは自分のくせに、心底不思議げに首を傾げた一尉に軽く膝蹴《ひざげ》りを入れると、日夏はさっさと校内に続く鉄扉に向かった。

しばらくは優等生な生活に、出来る限り身を投じてみようかと思う。

(たまにはそういうのも悪くないよな)

気紛れにすぎない気概がいつまで続くかはわからないけれど、いつかそんなことも話のネタになるといいなと思いながらポケットの携帯に手を添える。向こうでもきっと折り紙つきの優等生を貫くだろう幼馴染みの笑顔を思い浮かべながら、日夏はもう一度空を見上げた。

この携帯に祐一からの着信があった時に、恥じない自分でいられるように――。

決意に逸る足取りでいち早く辿りついた扉を開け放つと。

「ほら、遅刻しちまうぜ？」

日夏は会心の笑みを一尉に向けて振り返らせた。

——ここからはさらに後日談。

日夏の優等生の決意が破られたのは、早くも一時間後のことだった。

（まあ、物事は臨機応変にってね…）

昼前に帰国して直で登校してきたらしい八重樫に捕まったのが、五限目の休み時間。みやげは食いモンだぞーという誘惑にどうしても打ち克《か》てず、日夏は気づけば六限を放棄していつものテラス席に八重樫と二人、向かい合っていた。

「はい、ジンジャークッキーとトナカイのジャーキーな」

「いっえーい！」

進呈されたジャーキーの袋をさっそくぶち開けて中身に手をつけている日夏の様子を、ブロウレスフレームのメガネ越しの視線がつぶさに観察している。その気配を過敏に感じ取りながら、日夏はギリッと奥歯で硬い肉を噛み締めた。

「で、俺に何か訊きたいことあんじゃねーの？」

「はは、バレバレか。ま、だいたいの詳細はつかめてると思うんだけどねー」

テーブルに頬杖《ほおづえ》をつきながら、八重樫がその指で器用にメガネのブリッジを押し上げる。

のんびり然とした口調からその台詞に誇張はないのだろうと判断する。何か重要な不明点がある時の八重樫の食いつきようはこんなものではない。向こうにいながらにしてすでにおおよそを把握していたらしい友人に、日夏は逆に自分の疑問をぶつけてみることにした。

「つーか、おまえのスウェーデン遠征もやっぱ佐倉の差し金？」

「当然っしょ。だって俺、一尉の親父さんの推薦でメンバーに入れたんだもーん」

「だもーんじゃねーよ。その時点でなんか勘づいてたんじゃねーのかよ」

「あー怪しさは充分だったけど、とりあえず俺に降りかかる火の粉じゃねーなとは思った」

（このやろう…）

せめて一言だけでもこちらに残せる忠言はなかったのか。問い質したい衝動に駆られたが、どうせ碌な返答が得られないのは見え透いている。腹立ちからジャーキーに深い歯形を刻みながら、日夏は胡乱な眼差しで、わざとらしい笑みを浮かべている八重樫に無言でガンをつけた。

「まあ、そう怒るなって。俺も情報収集では役立ってたと思うんだけど？　ただ、海を越えて参加すんのはやっぱ限界あったなー。俺がこっちにいりゃ物事はもっとスムーズだったろうよ」

そこを見越して、一尉の父親も八重樫を海外に飛ばしたのだろう。

「あのオッサンもほんと傍《はた》迷惑だよな…」

日夏の苦言に八重樫が「まあなー」と鼻にシワを寄せて笑った。

「刹那主義の楽天家っていう、典型的なライカン気質だよな。しかも刹那の欲望にかける執着は人並み外れてるんだから、無類のトラブルメーカーだと思うよ」

「あんなのが父親になるくらいなら、駆け落ちした方がまだマシだよな」

「いいじゃねーか、退屈しないで」

「それは他人の理屈だっつーの」

即座に嚙みついた日夏に、八重樫がどうどうーと両掌を広げてみせる。

「まあ双方にとってイレギュラーがいたから、ここまで話がこじれたんだと思うけどね」

「イレギュラー？」

「おまえらからすっと菱沼の弟だな。鴻上との再会が早まったのは、あいつのせいだろ？　おかげで歯車狂わされた部分が一尉にも鴻上にもあったんじゃねーかと、俺は推測するね」

「え？　あれ、佐倉の思惑なんじゃねーの？」

てっきり一尉の父親が唆したんだと思っていたが、どうやら真実は違ったらしい。

「あれは菱沼弟のスタンドプレイだよ。姉が一尉と婚約するって与太話を、信じきってたみたいだな。一尉と兄弟になれるのをずいぶん前から楽しみにしてたらしいよ。それで邪魔者のおまえをあわよくば鴻上に押しつけようと思ったってわけだ。あの爆発騒ぎも弟くんの仕業だったたって話」

「マジかよ…」

確かにあの件がなければ、一尉もあそこまで情緒不安定になることはなかっただろう。日夏と一尉の葛藤となったそもそもの発端を探ると、どうもあそこに辿りつくような気がしてならないのだが。

（ますますあのガキにゃ恨みが募るな…）

投げつけられた暴言の数々はまだ脳内にインプットされている。八重樫も帰ってきたことだし、そろそろリベンジに向けて動きはじめてもいい頃合だろう。――もちろん優等生の誓いを忘れたわけではないが、それはそれ、これはこれというものだ。

「で、一尉の親父さんからしたらおまえがイレギュラーかな」

「俺?」

「もっと簡単に諦めると思ってたんだろうよ、おまえが一尉のことをさ。結果、あんな暴挙に出てすべて御破算――まあ、道楽の観点から言えばこの結果も満足かもしんねーけどなぁ…」

少しだけしんみりとした口調でそう言ってから。

「隙アリ」

八重樫が日夏の手から食べかけのジャーキーを奪い取る。

途端に警戒の色を滲ませながら残りのジャーキーとジンジャークッキーの箱を手もとに引き寄せた日夏に吹き出すと、八重樫は自然な笑みでレンズ越しの瞳を弛ませた。

「おまえは冬眠前のリスか」

「うっせーな、放っとけよ…っ」

抱え込んだみやげ物を早々に鞄にしまい込むと、日夏は奪い返したジャーキーを噛みながらだらしなくテーブルに片肘をついた。新学期がはじまって以来、騒動続きなのでせめて今月くらいは平穏にすごしたいものだと思う。

しばし取りとめのない話に花を咲かせたのちに、八重樫が「ところでさー」と急に話題の方向転換を図ってきた。そこでようやくメガネの情報魔の魂胆を知る。

「今回は不思議なくらい『椎名』が食い込んでこなかったよなー」

「最初からそれが訊きたかったんだな」

「だって気になるじゃねーかよ。探ってみたけどおまえンとこのバーさん、今回の件じゃまったく動いてねーんだよな。一尉と鴻上を秤にかけたのか、それともおまえを信用してたのか」

「……前者が正解」

日曜の夜にもらった電話で日夏も初めて本家の思惑を知ったのだが、椎名家としては早い段階から一尉の父親の魂胆を見抜いていたのだという。それを放置しておいた要因はといえば、『鴻上』のブランドにいまさらながら目が眩んでいたらしい。一尉には将来性があるけれど、祐一には現時点で宗家の権限と豊かになったバックグラウンドとがついて回るのだ。

その可能性を蹴った孫に対して、祖母は「使えない孫だね」と舌打ち混じりに言い放ったものだ。そこから派手な口ゲンカに発展したのは言うまでもない。

「おっと、またお誘いメール。人気者はつらいねー」

テーブルの上で鈍いバイブ音を上げた携帯を手に取ると、八重樫はキャリーケースを引きながらテラスの通路へと歩み出た。これから一度帰宅してから改めて街にくり出すのだという。

「つーかおまえ、何しにきたわけ？」

「そりゃおまえらの不景気なツラ見にさ。思ったより元気そうでつまんなかったけど」

「言ってろよ」

「あ、機会があったら親父さんにさ、暴挙がどこまで本気だったか訊いてみろよ」

「は？　やだよ、二度と会いたくねーし」

（むしろ会って堪るかだ…！）

顔中にそう書いて主張する日夏に、メガネは意味深な笑みを浮かべると。

「まあ、そうはいかないと思うけどね」

と、思わせぶりな一言だけを残してこの場を去っていった。

それが恐ろしい予言だったことを知ったのは放課後になってからだ——。日夏は校門の外で、意外な訪問者とばったり出くわしてしまったのだ。

「……何してんだよ、オッサン」

蔦《つた》の絡まる外壁に背を預けながら、男は相変わらず高そうなスーツに身を包んでいた。口もとに咥えられているのは煙管ではなく葉巻だったけれど、どちらにしろ胡散《うさん》臭い雰囲気を醸し出していることに変わりはない。何よりも傍らに不法駐車してあるキャデラックの扉が、開け放たれたままなのが不吉だった。

「一尉なら委員会だぜ？　二時間は出てこないと思うけど」

「ああ、君を待ってたんだよ。ドライブでもどうかな」

男の台詞に即座に踵を返すと、日夏は「じゃーなっ」と片手を挙げて脱兎《だっと》のごとくその場を駆け出した。だが素早く首根っこをつかまれたおかげで、バタつかせた手足で空中遊泳するはめになる。

「まあ、そう嫌うなよ」

「んだよ、オッサン！　俺はあんたの顔見たくねーんだよっ」

日夏と派手な中年男の取り合わせに、下校する生徒たちの視線が四方から注がれる。痛いほどの注視を浴びながら、男は動じるふうもなくあまつさえ脅しまでかけてくる始末だった。

「このまま見世物になりたいってんなら、立ち話続けるけど？　それが嫌なら車に乗れよ」

不穏な台詞に眉を顰めた日夏の耳もとに、男がすっと唇を寄せる。

「まあ、そう警戒すんなって。一尉も後で合流することになってんだからさ」

「え、マジで？」

「ああ、たまには飯でも食うかって話をしててね。もちろん君の分も奢らせてもらうさ」

「――いく」

零コンマ二秒ほど考えたのちの決断に日夏は従うことにした。助手席の扉を閉めたところで、こちらの話に聞き耳を立てていたらしい野次馬たちがようやく諦めて散りはじめる。

「で、なんだよ話って」

キャデラックがゆっくり発進したところで、日夏はさっさと男に本題を促した。

「気が早いね。俺は君の質問に答えようかと思ってわざわざ出向いてきたんだけどな」

「質問?」

「あれ、ねーの? あるだろ、俺に訊きたいことの一つや二つ」

本心の見えない笑みを浮かべながら、男がステアリングに添えた指でトトンとリズムを刻み出す。それに合わせて口笛を吹きはじめた横顔に、日夏は不審げな眼差しをじとりと縫いつけた。

「……じゃあ訊くけど、あんた本気で一尉と菱沼の令嬢をくっつける気だったのか?」

「オフコース。君を孕ませて破談にしようってのも本気だったぜ。ま、俺が男もイケれば自分で動いたんだけどな。やっぱ野郎にゃ勃たねんだよなぁ、どうも」

へらへらとした調子で語られる言葉がどこまで真実なのか、隣で訝しみながらも日夏はすでにその答えを知っているような気がした。いつでも本気が信条と告げたあの日の言葉どおり、たぶんこの男はすべての言葉が本音なのだ。

「でも本気にしちゃツメが甘かったんじゃねーの?」

「ツメ?」

「だって俺に盛ったのもけっきょく媚薬じゃなくて睡眠薬だったんだろ?」

「いや、完全に発情誘発剤だったけどね」

「へ?」

「君がヒトとのハーフなのを失念してたな」

男の説明を聞くに、どうやらあれは単に自分の体質が引き起こした現象らしかった。

「いつまで経っても発情しねーからおかしーなとは思ってたんだよ。かなりきつめのを使ったから、さすがの鴻上くんもその色気に落ちるだろうと計算してたんだけどね。もちろん彼が躊躇するようなら、追加で男乱入させようと思ってたけど」

「……あんた、つくづく最低だな」

「そいつはありがとう」

「誉めてねーよ」

一歩間違えたら本当にどんな事態に転んでいたか、背筋が寒くなってくる思いだ。

「だいたい障害の一つもない恋なんてつまらないだろう？　家の反対くらいで潰れる恋なんてそれまでだってことさ」

「それはあんたの経験則？」

「一般論だ」

(どこの一般だよ)

自分の父親くらい躾《しつ》けておけよ、とこれは後で一尉に説教しておかねばなるまい。

「そういやヒトの血が入ると媚薬系は遅効性になるんだとよ。今晩辺り気をつけろー？」

「余計なお世話だっつーの」

だがあの暴挙すらが本気だったというのなら、そこまでしてこの男を動かしていた初期衝動とはいったい何なのだろうか？　傲慢《ごうまん》なほど隠されない本心を前に、日夏はずっと気になっていた質問を遠慮なくぶつけることにした。

「そもそも菱沼の令嬢にこだわる理由は？　あんた、自分が好かれてんの知ってたんだろ」

「だからだよ。母親似であの子、美人だろう？　据《す》え膳《ぜん》食わぬは俺の美学に反するんだけどな、さすがの俺も小夜子《さよこ》の娘を食う気にはなれなくてね。だから一尉をくれてやろうと思ったわけだよ」

「意味わかんねーよ…」

「そうか？　血縁のあいつを差し出すことでせめて思いに報いようという、この男の純情…」

「そんな遠回しな援助するくらいならもっとストレートにいけよ」

菱沼家の財政がかなりの勢いで傾いているらしいことは、先ほど八重樫から聞いたばかりだ。

夫人亡き後の姉弟の安否を気遣っているのなら、他にいくらでも方法があるだろうに――。そこで初めて、男が薄笑いに微かな苦みを入り混じらせた。

「――君は意外に聡い子だね」

「あんたに誉められても嬉しくねーよ」

「ま、大人の世界はいろいろ複雑なんだよ」

「あっそ。で、どこでメシ食うんだよ？　俺、イタリアンがいい」

これ以上興味はないとばかり、イタリアンを連呼する日夏に男が今度は完全なる苦笑を浮かべた。

「君は、ふてぶてしい子だねぇ…」

「だって五限、実技だったんだぜ？　さっきから腹が鳴りそうでヤバいんだって…」

目黒通《めぐろどお》りに出た車がそのまま都心に向かうのを眺めながら、日夏は窓枠に頬杖をついた。

「で？　他に質問はないのか？　俺のカッコよさの秘密についてとか、訊いてもいいんだぞ」

「じゃあ訊くけど、あんたの脳味噌《のうみそ》にはシワ入ってんの？」

街路樹に視線を向けながら放った日夏の一言に、男がやれやれと首を傾げる。

「一尉はこんなガキのどこがいいんだかな…」

「放っとけよ」

「仮にも俺、君の父親になるんだけどね。やだなぁ、こんな口の減らない嫁」

「へ？」

「おっと…」

ふいに聞き慣れないメロディが男の胸もとで着信を告げた。ちらりと液晶の表示を見ただけでまたそれを元に戻した男がハンドルを切る。気づけばキャデラックは学院への道程をリバースしていた。校門前に辿りつくまで引っ切りなしに鳴っていた着信に男が応じると同時、コンと窓ガラスが外側から小突かれた。見れば携帯を耳にあてた一尉がそこに立っている。

（あれ、なんか怒ってるよこいつ…？）

降車するよう視線で促されて、日夏はとりあえず助手席の扉を開くと外に滑り出た。

「おまえの嫁、ちょっと借りたぜ」

運転席から投げかけられた言葉に、一尉がまた氷点下の眼差しになる。

「貸し出した覚えはありませんけどね」

「そりゃごもっとも。こりゃ一度きちんと躾といた方がいいぜ？　俺なんかの車にほいほい乗るようじゃ先が見える」

「え？　つーか、メシは？」

一人だけ頭の上にクエッションマークを浮かべている日夏の隣で、一尉が重い、重すぎて地面に穴でも穿《うが》ちそうな溜め息をついた。それを楽しげに流し見ながら、男が「じゃーな」とキャデラックのアクセルを踏む。

「え、何これ？　メシ食うんじゃねーの？」

「そんなの、あの人の出任せに決まってるだろう」

「え、嘘つかれた…!?」

「――君はどうしてそう考えなしなのかな…」

日夏が見知らぬ男の車に乗って消えたことを、どうやら会議中だった一尉の耳もとまで誰かが律儀に報告にいったらしい。

（ヤバイ、壮絶に分が悪いぞ俺…）

一尉の眼差しがいまだに氷点下なのを上目遣いに覗いながら、日夏は「ゴメンナサイ」の六文字を素直に口にした。こういう時の一尉にだけは逆らわないこと、それがここ一ヵ月で日夏が身につけた経験則だった。反省してますオーラを全力で発していると、ややして細い嘆息が聞こえた。

「君といると本当に心臓に悪いことばかりだよ」

「でもその分、スリル満点――なーんて…」

場の空気に居た堪れず思わず冗談を口にすると、一尉がキリリと双眸を眇めた。

「それがキャッチフレーズなら、君との婚約は考え直さなくちゃだね」

「え…っ」

その言葉に弾かれたように顔を上げた日夏に、一尉がようやく唇を緩める。

「――なんて到底、無理な話だけどね。君が俺以外の誰かの物になるなんて耐えられないよ。だからせめてもう少し、分別というものを学んで欲しいんだけどな」

「えーと、善処します…」

もごもごと告げた日夏に一尉が凪いだ表情を見せる。ビターハードな髪色にさらりと指を差し入れてから、一尉はふと腕時計に視線を落とした。

「じゃ、何か食べてから帰ろうか」

「え？　って会議は…？」

「ああ、君のおかげで延期になったから。今日はもう自由の身だよ」

日夏の鞄を手に取りながら、一尉がいつもの足取りで駅への通学路を歩きはじめる。

夕飯のリクエストは？　との言葉にまたもイタリアンを連呼すると、一尉が携帯でどこかの店へと予約を入れてくれる。それだけで胸をときめかせていた日夏は、だからうっかり不穏な言葉を聞き流してしまったのだ。

「一駅隣のイタリアンを予約したよ」

「やっべ、何食おっかな…！」

「ちなみに躾は今晩からはじめるからね」

「ん…？」

「この時間だとコースじゃなくて、アラカルトメニューしかないみたいなんだけど…」

続く説明に熱心に耳を傾ける日夏に、一尉が鮮やかな笑みを浮かべる。その笑顔に秘められていた底知れぬ思いを日夏が知ったのは、その晩のことだった――。


「こんなの理不尽だ…っ」

躾と称された行為がはじまって二十分、日夏の抗議はすでに涙声になっていた。

「どうして？　これは君の行動が招いた結果でしょう」

後ろから腰をつかまれて、逃れようとシーツを搔き乱した両手を今度は前から伸びてきた手に捕らわれる。前後からの拘束で四つん這いのまま動けなくなった日夏の後ろに、一尉の冷えた掌が宛がわれた。薄い肉づきの表面を、まだ乾いている掌で円を描くように撫でられる。

「逃げても無駄だよ」

左右の肉を無理に割ることで狭間《はざま》に現れた無防備な窄まりに、一尉はいきなり熱い舌を這わせた。

「やっ、ヤダ…っ、んん…」

硬く引き締まった襞《ひだ》を唾液で濡らして蕩かすように、敏感な箇所を何度も舌が往復する。その耐え難い感覚に日夏は唯一自由になる首を振って、必死に快感を紛らわせた。羞恥で首筋までがすっかり赤く染まっている。そんな日夏の耳もとに、吐息含みの囁きが前方から吹き込まれた。

「ここを舐められるのも君は好きだよね。ほら少しずつ緩んできた、もう舌先も入るくらい」

解れはじめた内部に、言葉どおり熱い舌先がぬるりと入り込んでくる。

「……ッ」

「熱いね。中が誘い込むように動いてるよ。ああ、言葉に反応してピクピク動いてる」

自分でも見たことのないような恥部を人目に晒し舐められているだけでも恥ずかしいというのに、その行為と感触に加えて「言葉」でまで耳を犯される屈辱に日夏は唇を噛んで必死に耐えた。

「後ろを舐めてるだけなのに、もう前が濡れてるね。ほら、こんなにぬるぬるしてる」

前にいる一尉の言葉に合わせて、後ろにいる一尉の手が動く。濡れはじめた先端を回された指先で撫でられて、堪えきれなかった声が薄暗い寝室の空気を揺るがした。

「あっ、あ…っ、ァ…ッ」

その声にほくそえむ気配が前後から伝わってくる。

前にいるのも一尉、後ろにいるのも一尉——日夏は二人の一尉に体を玩ばれていた。

姿形、声や表情、立ち居振る舞い、何もかもが同じだけれど、ただ一つ違うのは瞳の色だけ。前にいる一尉だけが瞳の色を藍色から紺色に変容させていた。最初からこうするつもりで、一尉は菱沼の持つ『分身』能力を強奪して帰ってきたのだろう。

『そろそろ躾の時間にしようか?』

もう寝ようかという頃合になって発された不穏な台詞に、咄嗟に寝室を逃げ出そうとした日夏を取り押さえたのは、リビングから寝室へと入ってきた一尉の手だった。ベッドに横たわっていた一尉と扉口にいた一尉との間で交わされた目配せが、この拷問のような時間のはじまりだった。

あっという間にベッドに引き戻された日夏の衣服を、前後から取り囲んだ二人の一尉がゆっくりと剝いでいく。日夏の抵抗を物ともせずに、四本の手は少しずつ、嬲《なぶ》るように服を脱がしていった。パジャマのボタンを開かれて露《あらわ》になった胸の尖りに、前にいた一人が舌を這わせる。

「あ…ッ」

その刺激に仰け反った首筋に後ろから吸いつかれながら、それぞれの利き手が早くも反応しはじめていたソコを服の上から揉みしだく。

「や、やめろよ…」

「こんなに硬くしてるくせに。ああ、もうこんなに形がはっきりしてるね」

「ほら、先端の括れが熱くなってるのまで伝わってくるよ」

こちらの弱い箇所などすべて知り尽くした手だ。四本の手が与える愛撫《あいぶ》は、どこまでも周到で、どこまでも優しく日夏を追いつめていった。悲鳴を上げる唇は代わる代わる前後から塞がれたので、寝室には途切れがちな嬌声《きょうせい》が響いていた。

一糸纏わぬ姿になるまでそうして散々遊ばれたせいで、シーツの上で裸身を晒した時にはもう日夏の体は猛り狂う欲情で熱くなっていた。すでに息切れを起こしていた体から、一瞬だけ二人の手が離れる。その隙に逃れようと這ったところで後ろから腰をつかまれたのだ。そうして冒頭に至る。

「可愛いね、日夏。腰が独りでに踊ってるよ。そんなに前を弄られるの好き？」

「ち、ちが…っ」

刺激から逃れようと自然に動いてしまう腰を揶揄されて、日夏は両手でつかんだシーツの間に涙を落とした。それを前にいた一尉に舐め取られながら、なおも弱い先端を弄られる。

「今日もセーブはかけないから、好きなだけイカせてあげるよ」

「こ、こんなのはやだ…っ」

「大丈夫、怖いことも痛いこともしないから。いつもの二倍、気持ちよくしてあげるだけ」

「そんなの…！」

「そうだ、『いつか』の予行演習をしようか？」

「——…ッ」

一尉の不穏な言葉に日夏の両目が見開かれる。

初めて体を重ねた日に、一尉に囁かれた台詞が脳裏に甦った。

半陰陽には「卵巣機能を有する雄体」と「精巣機能を有する雌体」とがあるのだが、他性の機能を有効にするためにはいくつかの条件をクリアしなければならない。その一つが雄体の場合は、精嚢《せいのう》の中身を空にすることなのだ。それが「変化」の直接的なきっかけになるのだという。

ふいに後ろを嬲っていた舌が抜かれて、代わりに指が潜り込まされる。その指が的確に捉えた前立腺に微妙なバイブレーションを送りはじめた。

「あァ…っ、あっ、やぁ…ッ」

「ここを責めに責め抜いて、たくさんイカせてあげるからね」

「もちろん、前も死ぬほど可愛がってあげる。最後の一滴まで搾り取ってあげるね」

切れ目を撫でるだけだった刺激が、輪を作った指先の扱きに変わる。すっかり濡れて出来上がった日夏の屹立は、いまやシーツに熱い粘液の糸を引いていた。

「そろそろいくよ」

充分潤んで口を開いた後孔に、一尉の熱い先端が宛がわれる。グッと力をこめられて、入り込んできた太い部分が濡れて解れた襞をゆっくりと広げた。そのまま休みなく進んだ一尉の屹立が最後まで中に押し込まれる。

「……っ、うゥ……っあ…」

それだけで息も絶え絶えになっている日夏を前にいた一尉がそっと抱き上げた。そのまま後ろに倒されて後背位から座位に変えられる。紺色の瞳を間近に見つめながら、日夏はさらに深くなった結合に力なく首を振った。

「この体勢なら思う存分、可愛がってあげられるからね」

「ほら、脚を開いてよく見せてごらん？」

後ろにいた一尉に両脚を開かれて、結合部と濡れた自身とを紺色の眼差しに晒す。抱えられた膝を上下されて、奥まで穿つモノの存在を再認識したところで前にいた一尉が日夏の屹立に顔を寄せた。

「ヤダ…ッ」

叫んだ時にはもう、熱い口内に含まれていた。奥まで呑み込まれて喉の蠕動《ぜんどう》が先端を刺激する。

「ひ…っ、あァ…ッ」

「気持ちいい？　後ろも君のイイところを突いてあげるね」

言いながら一尉が少しだけ腰を引いた。そのままいつもみたいに先端で前立腺を狙われるのかと思いきや、前にいた一尉の指が襞の隙間から中へと入り込んでくる。

（ま、さか…）

「一本くらいなら入るね、少しきついけど」

中のモノが再び押し込まれるのと一緒に、日夏は一尉の中指を根もとまでずっぷりと呑み込んでしまった。指先がちょうど日夏のポイントに押しあてられる。

「動くよ」

背後からの律動が静かにはじまった。

「ヒ…ッ、ぁああ――…っ」

一尉のモノが上下するたびに中の指先が前立腺にあたる。その刺激にじゅわっと溢れた先走りをきつく吸われて、日夏はガクガクと腰を揺らした。

「あ、ぁン…っ、ああァ…ッ」

「すごいのはこれからだよ」

耳もとで囁かれて、飛びかけていた意識が戻った刹那。中の指がくっと鉤型《かぎがた》に曲げられた。

「ヒ、ぃ……ァァアあッ」

ずくずくと中を突かれるたびに、凄《すさ》まじい震動がソコに与えられる。そのせいで先走りの止まらなくなった先端を、浅く含んだ口もとがクチュクチュと音を立てて吸う。軽く歯を立てられながら一番弱い括れを舌先で突かれて、日夏は声にならない悲鳴を上げた。

「――――…ッ」

「すごい締めつけだね…。この調子で一晩中イカせてあげるから」

真っ赤に染まった耳もとに熱い吐息がねっとりと吹き込まれる。だが快感の奈落《ならく》に突き落とされた日夏に、その言葉を聞く余裕はもうなかった。

けっきょく一晩かけて、日夏は二人分の欲望を受け止めるはめになった――。

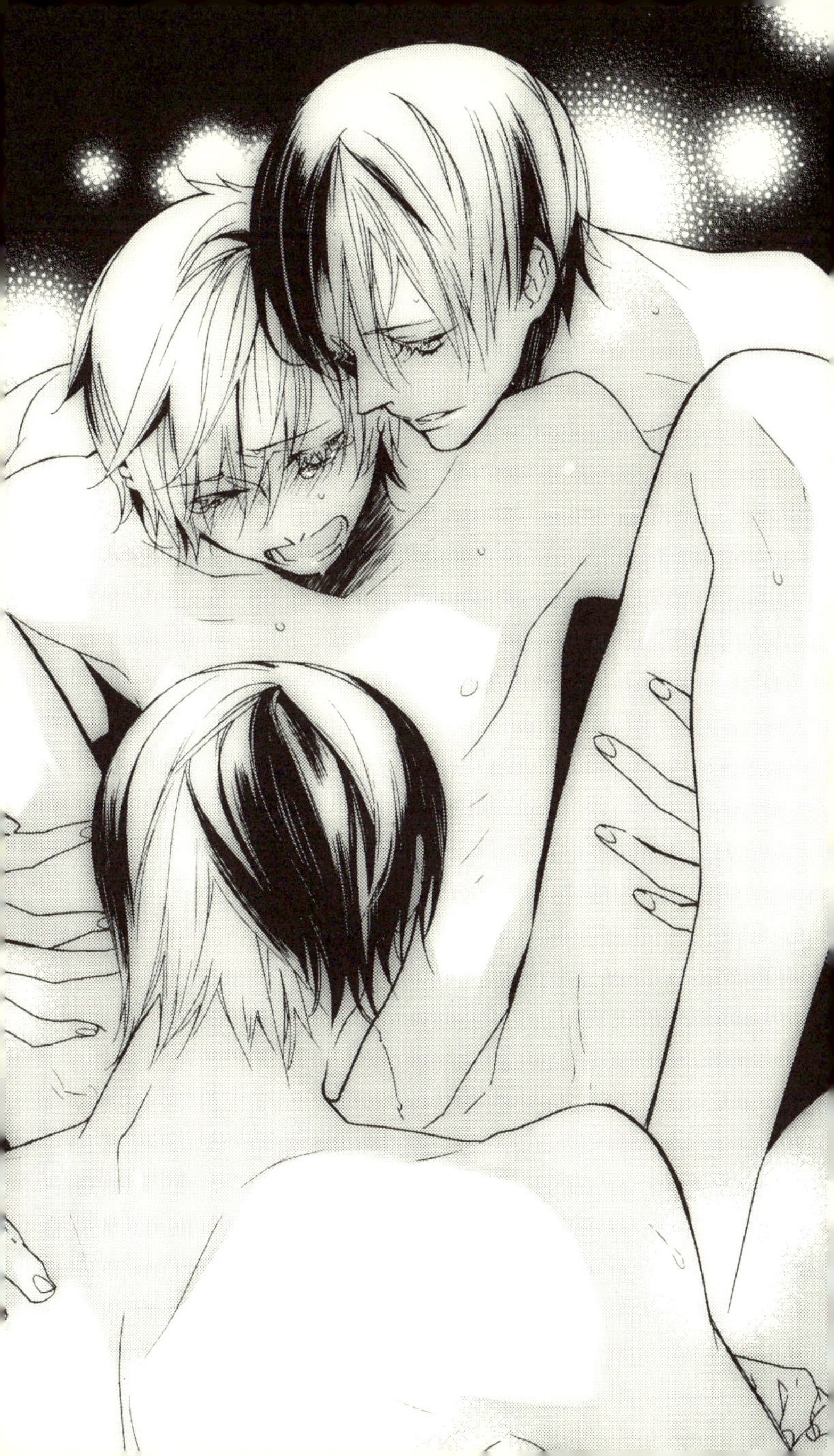

（俺、こいつとの婚約考え直した方がいいんじゃねーかな…）

朝方になってようやく解放された時点で、日夏の腰はもう完全に立たなくなっていた。ただ不思議なことに散々無体なことを要求され、心身ともに疲れはてているはずなのに意識の方はしっかりとしていた。二人がかりでされた行為に股関節《こかんせつ》をはじめ、あちこちが痛んではいるのだが怒濤《どとう》の波状攻撃にも押し流されることなく、日夏は与えられる過度な快感を最後の最後までその体で受け止めきった。そのせいで余計に快楽に苛まれ、最初の宣言どおり本当に出なくなるまでされてしまったのだが——。

（発情期以外でここまで耐えられたの、初めてかも…）

もう出ないというのになおも執拗に弄られて、日夏はこの日初めてのドライオーガズムも経験してしまった。出せないのにイク感覚はもどかしいくせに強烈で、しかもいつもの射精より長引いた快感を日夏の体にもたらした。

そんな経験のすべてが鮮明に記憶に残っている時点でも、いつもとはずいぶん勝手が違う。

（つーか、まるでヒートみたいだった…？）

きりのない欲情に身を焦がすような感覚は、まさに発情のもたらす衝動そのものだった。だがそれにしては前兆も何もなかったので、ただの気のせいかなという気もするのだが。

「平気？」

瞳の色をようやく戻した一尉がベッドの端に腰かける。スプリングもだいぶ酷使されたせいか、キシ…と掠れた音を上げるのが精いっぱいなようだ。

「……これが平気に見えるかよ」

「憎まれ口は健在だね。というか、わりに元気だなってのが素直な感想なんだけど」

いけしゃあしゃあとそんなことを言いながら、一尉が薄闇《うすやみ》の中でひっそりと微笑む。その気配に余計に機嫌を傾けながら、日夏は枕に溜め息を押しつけた。影を何時間も連続で動かし、なおかつあれだけ精力的に人の体を貪っておきながら、一尉の横顔に疲労の気配はほとんど見られない。

「おまえは相変わらず底なしだよな…」

「それは光栄だね」

「誉めてねーよ」

(こいつ、確実にあの親父の血を継いでるよな…)

ぐったりとうつ伏せる日夏の傍らで、一尉は照明の明度を少し下げてからベッドヘッドに背を預けた。激しい情事の名残りで、シーツ上はいつになくひどい有様だ。

「いまお風呂沸かしてるから。それまで寝てなよ」

「んー…」

汗に濡れて色味の濃くなった赤毛を一尉の指が優しく撫でつける。くり返されるその仕種に少しずつ眠気を誘われながら、日夏は一尉の声をぼんやりとした心地で聞いていた。

「明日、学校いけそう?」

「自信ねー…」

「じゃあ休んだ方が無難かな。ところで、結納の日取りはどうしようか」

「んー……って、えっ？」

慌てて身を起こしたせいで、スプリングが小さく悲鳴のような声を上げる。痺れる腕で上体を持ち上げながら、日夏は隣にいた一尉の表情に目を凝らした。

間接照明の柔らかな光を浴びて、藍色の瞳が月夜の海のような煌《きら》めきを帯びる。

「父から電話があってね、婚約を正式に認めるって言われたよ」

「え、じゃあ…」

「うん。これで晴れて『婚約者』になれるね」

（本当に……？）

一尉の言葉を聞いてもにわかには信じられず、日夏は丸く開いた瞳を何度も瞬かせた。

婚約しても十八歳を迎えるまでは「結婚」というステップに進むことはないけれど、自分たちにとってこれは大きな一歩だ。「婚約」という確約さえ手に入れられれば、あんなふうに二人して不安に揺れる日々をすごすこともないだろう。

（なんだ、こんな近くに答えがあったんじゃねーか…）

自分がどれだけ一尉を思っているか、一尉がどれほど自分を思ってくれているか。

これほどわかりやすい証拠も他にないだろう。

「おまえはホントに俺でいいの…？」

「——それは逆だよ。君じゃなきゃ嫌なんだ」

一尉の腕に抱き起こされて、反転させた体をベッドヘッドにもたせかけられる。腕も足も重くて動かすのは一苦労だったけれど、日夏は溢れ出した涙もそのままに両手で一尉に取り縋った。

「俺だって、おまえじゃなきゃヤだっつーの…」

嗚咽でつまりそうになる声で必死に言葉を紡ぎながら、腕の中の温もりを抱き締める。

暖かく満ちた沈黙の隙間に、互いの鼓動と呼吸音だけが息衝いていた。きっとこの先いくらだって障害は待ち受けているだろう。でも一尉とならそのどれもを乗り越えられる自信がいまはあった。

ハッピーエンドの先の未来予想図に、幸福を重ねていく第一条件——。

それは揺るぎない二人の信頼関係だ。

その最初のピースをようやく手中に出来た気がして、日夏はしばし熱い涙に溺れた。

あとがき

こんにちは、もしくははじめまして。桐嶋リッカと申します。

――リンクスロマンスでこうしてご挨拶させていただくのも、ありがたいことにこれが二度目となりました。前作に引き続き今回も、魔族の二人の話をお届けさせていただきます。相変わらずどのジャンルに属するのかわかりづらい話なのですが、日夏と一尉、二人の恋模様を少しでもお楽しみいただければ幸いです。


それにしても前作のあとがきにも書いたとおり、やはり二人の未来は一筋縄ではいかないようで……でも本作でずいぶん大きな一歩を踏み出せたのではないかと思っています。ここまでくればもう障害はない――こともなかったりするのですが、この二人ならきっとどんな波も乗り越えていってくれることでしょう。

ちなみに今回書いていて一番楽しかったのは、一尉のパパでした。そしてこちらも余談になりますが、一尉が秘薬をオーダーしたり『召還』能力を強奪してきた背景には某兄妹（雑誌をお読みくださった方にはおわかりいただけるかと思うのですが…）が絡んでいる模様です。いつかまたあの兄妹が活躍する話も書いてみたいですね。

あとがき

今回も本当にたくさんの方にご尽力いただき、こうして形となる運びになりました。

前作そして小説リンクス誌上に続き、魔族シリーズに唯一無二なイラストをご提供くださるカズアキ様。今回も素敵なイラストをありがとうございました。ラフの時点で表紙と口絵が大変なことになっていたので、いまからもう楽しみで仕方ないです。

そして前作に続いてまたもご迷惑とご面倒をかけどおしの担当様、本当に心底からお世話になっております。今回も担当様のご助力や的確なアドバイスがなければ、確実に迷い道を逆走したうえ、撃沈していたことと思います。来年はさらなる精進を目指しますので、どうぞよろしくお願い致します。

それから原稿中はリビングデッドとなりはてる私を全方位から支えてくれた猫と家族、各方面から叱咤激励をくれた友人たちには感謝の念が絶えません。そして何より読んでくださった皆様に最大級の愛と感謝を捧げます。ありがとうございました。

それではまた近く、お目にかかれることを祈って——。

桐嶋リッカ　http://hakka.lomo.jp/812/

この本を読んでのご意見・ご感想をお寄せ下さい。

〒151-0051
東京都渋谷区千駄ヶ谷4-9-7
(株)幻冬舎コミックス　小説リンクス編集部
「桐嶋《きりしま》リッカ先生」係／「カズアキ先生」係

リンクス ロマンス

嘘と沈黙のリボルバー

2007年12月31日　第1刷発行
2012年 7 月31日　第3刷発行

著者…………桐嶋《きりしま》リッカ
発行人…………伊藤嘉彦
発行元…………株式会社　幻冬舎コミックス
〒151-0051　東京都渋谷区千駄ヶ谷4-9-7
TEL 03-5411-6434（編集）
発売元…………株式会社　幻冬舎
〒151-0051　東京都渋谷区千駄ヶ谷4-9-7
TEL 03-5411-6222（営業）
振替00120-8-767643
印刷・製本所…共同印刷株式会社
検印廃止

ISBN978-4-344-81178-2 C0293
Printed in Japan

幻冬舎コミックスホームページ　http://www.gentosha-comics.net